数码单反
镜头全攻略

中国摄影出版社

数码单反
镜头全攻略

[英] 罗斯·胡迪诺特著　　　许向博 译

中国摄影出版社

图书在版编目（CIP）数据

数码单反镜头全攻略／（英）胡迪诺特著；许向博译.--北京：中国摄影出版社，2011.1

ISBN 978-7-80236-495-0

Ⅰ.①数… Ⅱ.①胡… ②许… Ⅲ.①数字照相机：单镜头反光照相机-摄影镜头-基本知识 Ⅳ.①TB851

中国版本图书馆CIP数据核字（2010）第238007号

北京市版权局著作权合同登记章图字：01-2010-2966号

书　　名：数码单反镜头全攻略
作　　者：[英] 罗斯·胡迪诺特
翻　　译：许向博
责任编辑：常爱平
出　　版：中国摄影出版社
　　　　　地址：北京东单红星胡同61号
　　　　　邮编：100005
　　　　　发行部：010-65136125　65280977
　　　　　网址：www.cpphbook.com
　　　　　邮箱：office@cpphbook.com
印　　刷：北京天成印务有限责任公司
开　　本：16
纸张规格：787mm×1092mm
印　　张：10
字　　数：93千字
版　　次：2011年1月第1版
印　　次：2011年1月第1次印刷
印　　数：1~5000册
ISBN 978-7-80236-495-0
定　　价：58.00元

目　录

序　言 6

第1章　基础 8

第2章　现代镜头技术 44

第3章　镜头类型：广角镜头 66

第4章　镜头类型：标准镜头 78

第5章　镜头类型：远摄镜头 90

第6章　特殊镜头 104

第7章　附件 118

第8章　滤镜 126

第9章　镜头在数码暗房中的作用 136

术语表 152

相关网站 155

作者简介 156

鸣　谢 157

序 言

镜头/名词：在光学设备中使用的一面或两面都弯曲的玻璃。比如隐形眼镜或照相机镜头，它们被用来改变光线的集中度或者纠正视觉上的不足。

当你购买一部数码单反相机的时候，其实不仅仅是购买了一部照相机，而是投资了整个"系统"。相对于便携式数码相机来说，单镜头反光式照相机最大的优势之一就是能够更换镜头。这使得摄影者可以根据被摄体和场景来选择最合适的镜头和焦距。这种不可比拟的灵活性让单反相机成为了初学者、发烧友以及专业摄影师的最佳选择。

由于各个相机厂商选用的卡口不同，除了4/3系统（参见24页）以外，各个品牌的镜头不能互换使用。然而，不管你用的是什么品牌的相机，都可以找到各种焦段能够与之相匹配的镜头。除此之外，像适马、腾龙、图丽这样的第三方镜头生产商也为主流的相机品牌提供了很多卡口适用的镜头。所以，当你创建或补充自己的单反系统时，无论你拥有的是一架佳能、尼康、奥林巴斯、宾得、三星、适马或者索尼数码单反相机，都不会因为缺少镜头的选择而挠头。

尽管有了这么多的选择，购买一只新的镜头也不是很轻松的事情。这是一个不小的决定，也是一份重要的投资。选择镜头的时候，很多摄影者会犹豫不决，感觉这比选择单反机身要费劲儿得多。这本书的目的就是帮助你来改变这种状况。在与你兜里的钱说"再见"之前，首先应该了解镜头是如何工作，还有不同焦距和镜头都有哪些优缺点，以及不同的镜头都适合哪些被摄体。比如说，是选择定焦镜头还是变焦镜头？需不需要影像稳定技术（参见54页）？怎样清洁和维护镜头？像这类问题，书中都会解答，帮助你来做出最佳的选择。

这本书不仅仅是一本相机购买者的向导。其实它的主要目标是帮助你来了解你的镜头全部的潜力——无论这些镜头是全新设计的还是现有摄影系

◁ 特雷巴韦特傍晚的霞光

选择最合适的镜头是一种直觉。起初，初学者也许会相当谨慎地选择镜头的焦距。不过，用不了多久，你自然会理解什么样的焦距适宜什么样的场景。当我拍摄科尼什海滩傍晚温暖的霞光时，我选择了一只超广角镜头来捕捉眼前的景色。

尼康 D300 机身，尼克尔 12–24毫米镜头（位于12毫米焦段），曝光时间 20秒，光圈值，f/22，ISO 100，偏振镜，0.9ND中灰滤镜，0.9中灰渐变滤镜，三脚架

统中的老镜头。很好地了解数码单反镜头将会令你创造力与日俱增，也能使你对摄影的控制更加出色。为即将进行的拍摄任务选择最适用镜头毫无疑问是一门技术。否则，你就等于是在冒着风险去丢掉再也不会出现的拍摄机会。对镜头的选择当然会受到很多因素的影响。比如，光线、镜头的最大光圈或"镜头速度"当然还有被摄体。同样还有镜头的实用性，像镜头的重量、体积、景深效果以及透视效果（参见26页）。

镜头的焦距是构图和创造力发挥的关键。通过短焦镜头到长焦镜头的转换，你可以完全改变记录被摄体的方式，反之亦然。例如，拍摄一只野生鸟类或动物的肖像最好使用一只超远摄长焦镜头，而短焦镜头则可以用来表现被摄体与环境的关系。有些极端焦距镜头，像专业的鱼眼镜头（参见108页），夸张了透视，从而制造了离奇的、抓人眼球的效果。

大多数镜头都被设计用来拍摄常见的被摄体，有些镜头却有着更具体的使用范围。比如，微距镜头（参见110–113页）适用于近距离聚焦。通过它，摄影者能捕捉到我们平时难以看到的微观世界，这用普通镜头是无法做到的。每只镜头都有自己的适用范围和使用规律，但每个摄影者又有不同的需要。因此，你组建自己的镜头系统所做出的选择取决于你所喜爱的拍摄题材。

我想说的是，一只单反镜头不仅仅是安装在相机上来改变被摄体放大倍率的镜片。事实上，镜头对我们最后看到的影像产生的影响要比机身大得多。毕竟，相机就是一个密不透光的盒子而已，更重要的是焦距、光圈和镜头的素质。

我希望本书的内容和书名一样，成为数码单反镜头的详尽指南，能够解答你的问题，帮你分清楚不同焦距镜头的用途和它们能够创造的各类效果。除此之外，书中也涵盖了一些镜头的缺点，如像差

∧ 大理石斑白蝴蝶

数码单反镜头种类繁多，有各种焦距的镜头可以选择，拥有从视角极广、近乎环摄的鱼眼到1000毫米焦距的超远摄长焦甚至更长焦距的镜头。目前市面上的相机厂商和第三方镜头制造商提供了数以百计的镜头选择。还有，二手市场上也可以买到不少现有的和已经停产的镜头，而且，价格非常诱人。镜头的选择将在很大程度上影响最终的成像。在这幅照片中，为了能更接近蝴蝶，我使用了一只微距镜头。

尼康 D300机身，适马 150毫米镜头，曝光时间1/13秒，光圈值f/16，ISO 100，三脚架

和暗角，以及在后期对这些缺点的修复，还有镜头的保养和维护。不管你现在只拥有一只镜头，还是已经组建了一套不同焦距的镜头系统，这本书的宗旨是使你认识到它们和你的创造潜力。

第1章 基础

> 选择什么样的镜头对我们拍摄有相当大的影响。比如说，焦距不仅决定了被摄体记录的方式，还有透视感。作为照相机的眼睛，镜头的光学素质显然也非常重要，这就是我们应该小心谨慎地选择镜头的原因。利用MTF曲线图（参见36–37页）来确保你能买到预算范围内最好的镜头。要想获得最佳的影像质量，镜头日常的保养维护也同样重要。

数码镜头的选择

如果你最近刚刚拥有了你的第一部数码单反相机，选择、购买和使用单反镜头将会是一个全新的体验。数码拍摄的方式很快能点燃你对摄影的热爱。无论你是一个初学者，业余爱好者还是狂热的发烧友，如果你打算发挥镜头的全部潜能，首先应该做的就是了解镜头。这一章节就是来帮助我们打下基础的。

∧ 倒　影
只有对镜头有了认识，你才能做出正确的购买决定并很好地使用它们。焦距是决定构图和最终影像的重要因素。这本书将帮助你用好现有的以及你打算在未来添置的镜头。

尼康 D300机身，尼克尔12-24毫米镜头（位于19毫米焦段），ISO 100，曝光时间 1分钟，偏振镜，0.9中灰滤镜，三脚架

镜头的功能

对于大多数摄影者来说，当他们购买了一部数码单反相机时，都对数码成像以及其它一些如分辨率、白平衡、ISO感光度、动态范围、信号噪点这样的指标数值非常关注。可是，要知道单单照相机本身并不能决定影像的质量。机身上搭载的镜头同样担当着重任。因此，熟悉一只镜头的设计、功能和技术型号是件同样必要的事情。本章将会用简单易懂的语言来介绍镜头的基础知识，尽可能不使用难懂的术语。

我们就从常用镜头的术语开始，用简短的描述来帮你理解它们的含义。之后我们再在其它章节中用更多详细的内容去解释。比如说变焦镜头和定焦镜头各自的优点，焦距和可视角度，还有传感器尺寸的重要性等等。在如何选择镜头，如何根据MTF曲线来衡量镜头素质之前，将着重讲述景深的概念和镜头对焦的类型。在这一章末尾，我们会对镜头的维护和修理进行研究，包括如何更好地握持镜头和你可以添置的装备，它们将让你的设备更稳固安全。

什么是单镜头反光式照相机

数码单镜头反光式照相机，简称数码单反。摄影者通过取景器看到的画面是通过前面的镜头成像得来的。它内部安装了一片机械反光镜和一块五棱镜，从而使通过镜头的光线反射到相机后面的取景器中。当你拍摄一幅画面的时候，反光镜向上抬起，光圈收缩。快门打开后，光线通过镜头汇集到快门后面的影像传感器上。上述这些动作都发生在极短的时间内。有些相机能够达到惊人的每秒拍摄10幅的速度。各类摄影者都很钟爱单反相机，它们能在曝光前精确地预知画面的样子，机身还兼容各种不同类型的单反镜头，因此说单反相机的潜力是无穷的。

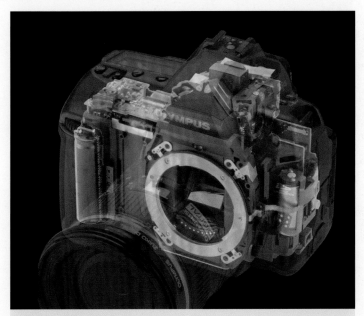

∧ 数码单反相机

光线通过镜头进入机身后，通过机身内的45度反光镜，将光线垂直反射至机顶的五棱镜。按下快门的时候，反光镜向上弹起，快门帘幕打开，这样透过镜头的光线就汇集到了影像传感器上。

基本镜头术语

如果你刚刚接触数码单反摄影，也许最近才把手里的器材升级到数码设备，使用单反镜头将会是一个全新的体验。数码单反摄影充斥着好多技术名词和难懂的语言，一开始你可能会对这些术语有所畏惧或感到迷惑。所以，接下来的页面将会对我们常见的相关镜头术语进行简短的解释。熟悉这些概念也会让你更有效地使用这本指南。

视 角

成像平面对角线两端所形成的夹角就是镜头视角。一只镜头的视角指的是它能实现的成像范围，以"度"来计算。镜头的焦距决定了视角，对于相同的画幅，镜头焦距越短，其视角就越大。有关视角的更多内容，参见20页。

光 圈

光圈是一个用来控制进入机身传感器光量的装置，它位于镜头内部，镜头的控光装置控制着光圈的级数，从而控制着镜头的有效孔径，就好像眼睛虹膜的功能一样。镜头的光圈决定了景深的大小。有关光圈的更多内容，参见30页。

镜 片

镜片是一小块单独的玻璃，是组成一只镜头的一个部分。多块镜片组装在一个圆柱筒内就构成了镜头。排列比较近的镜片构成了一个"镜片组"。

视 场

视场通常被理解为视角，其实在技术层面，这是错误的。视场是直线测量值，是随被摄体距离而定的。

▶ 前组镜片

镜头是由很多片光学玻璃组成的，我们称这些玻璃为镜片。镜头的视角和最大光圈决定了镜头的复杂性，如镜片的数量和非球面度。前组镜片是暴露在外的，所以一定要尽量避免和它的接触。不要弄脏，或沾染上灰尘或潮气。

焦 距

在摄影镜头中，镜头的焦距是以毫米来计算的。焦距的长短决定了它的能力和视角。焦距越短，视角越宽；焦距越长，视角越窄。例如说，焦距为2 8毫米的镜头视角是84度，而焦距300毫米镜头的视角只有8度。非常简单，焦距决定了被摄体在成像介质上成像的大小。变焦镜头的焦距则是可以改变的。

从更多的技术层面来理解，焦距是指当对焦到无限远时从焦平面到镜头透镜中心的距离。更多关于焦距的内容，参见20页。

焦平面

焦平面和镜头的光轴垂直，这时形成的对焦点也最清晰。基本上，焦平面代表了相机内光线汇集的区域。数码传感器就安置在这个位置上。

∧ 对 焦

为了能清晰地记录影像，镜头需要精确地使焦点落在被摄体上。转动对焦环或者使用相机的自动对焦系统都可以实现对焦。

尼康D3X机身，150毫米镜头，ISO100，曝光时间1/10秒，光圈f/18，手动对焦，三脚架

焦　点

通过镜头的光线汇集到影像传感器上产生的清晰的点称为焦点。如果拍摄的画面是模糊的，则称之为脱焦。使镜头对焦，可以通过自动对焦或手动对焦来完成。有关手动对焦和自动对焦的更多内容，参见32页。

镜头卡口

将镜头和机身结合的装置叫做卡口。数码单反相机都使用了插刀式卡口系统，镜头可以很容易地快速和机身连接或分离。通常不同卡口系统的镜头不能互换使用。比如，尼康镜头不能安装在佳能机身上。4/3系统是一个例外。

⌃ 最小对焦距离

每只镜头都有最小对焦距离。它表示影像能保持清晰锐利的前提下，镜头距离被摄体的最短距离。在这种距离下拍摄，可以让被摄体显得更大。

尼康 D300机身，80–400毫米镜头（位于400毫米焦段），ISO200，曝光时间1/30秒，光圈f/7.1，偏振镜，三脚架

⌃ 镜头卡口

插刀式卡口方便易用，只需要转动镜头半圈，摄影者很快就可以安装和分离镜头和机身。每个相机品牌都有自己独立的镜头卡口，所以不同卡口系统的镜头无法互换使用。

最小对焦距离

镜头能够清晰对焦时距被摄体的最短距离被称为最小对焦距离。这个距离是从镜头的前组镜片来计算的。不同镜头的最小对焦距离都不一样，从几厘米到几米各不相同。短焦距镜头通常要比长焦距镜头拥有更近的最小对焦距离。

定焦镜头

定焦镜头有固定的焦距长度，比如说28毫米，50毫米或135毫米等等。和"定焦"相对应的是"变焦"。有关定焦镜头的更多内容，参见16页。

标准镜头

标准镜头是指和人类眼睛的视野差不多相等焦距或视角的镜头，大约是50毫米焦距。涵盖了50毫米焦距的小变焦比镜头可以叫做标准变焦镜头。第4章（参见78页）专门来说明标准镜头的使用。

远摄镜头

从技术层面上来说，比人眼视角窄的镜头都叫做远摄镜头，也就是说任何一只超过50毫米的镜头都是远摄镜头，但我们通常认为那些更长、更有效的镜头，像200毫米、300毫米和400毫米焦距的镜头都是常见的远摄镜头。第5章（参见90页）专门来说明远摄镜头的使用。

广角镜头

人眼的视角大约是46度；广角镜头的视角要比这个视角大，通常它们的焦距是35毫米或更短，视角在60度到108度之间。第3章（参见66页）专门用来说明广角镜头的使用。

变焦镜头

变焦镜头能够改变镜头的焦距和视角，对应的是定焦镜头。有关更多变焦镜头的内容，参见18页。

镜头的历史

世界上的第一幅永久保存的照片是在19世纪早期由路易斯·达盖尔（Louis Daguerre）和威廉·亨利·福克斯·塔尔博特（William Henry Fox Talbot）使用一只凸透镜拍摄的，这种由光学镜片改进而成的照相机镜头在几个世纪前就出现了。1568年，一位名叫丹尼尔·巴尔巴洛（Daniel Barbaro）的威尼斯贵族将一只镜头安装在暗箱上，来研究形成影像的清晰度和焦点。这只镜头其实就是一只凸透镜。天文学家约翰·开普勒（Johann Kepler）后来在1611详细阐述了巴尔巴洛的经验理论，首创使用凹透镜与凸透镜相结合的镜头，暗箱内呈现出清晰锐利的影像，达到前所未有的清晰度。

第一架盒式相机的镜头安装在盒子的开口处，镜头通过安装在盒子后部的一块感光板获得影像；这时，还没有快门来触发镜头，取而代之的是取下镜头盖数秒钟或更长时间来使感光板曝光。之后出现的虹膜式光圈不断演变，使得摄影师可以控制曝

光。它的金属叶片通过开合可以形成一个圆形的光孔，从而得到可变的光圈孔径。

变焦镜头还是定焦镜头

镜头可以分为两种大的类型：定焦和变焦。定焦镜头的焦距固定不变；而变焦镜头具备可以改变的焦距，这就使得摄影者能够在一定范围内不必更换镜头而改变焦距。下面我们来概述定焦和变焦镜头各自的优点和缺点，来帮助你决定哪种类型的镜头适用于你的拍摄需要。

定焦镜头

当变焦镜头首次被引入到摄影中时，坦白说它的光学质量实在不怎么样。这意味着，对于严谨的摄影者，定焦镜头仍旧是唯一实用的选择。不过，今天的变焦镜头却能提供很高的影像质量。很多业余爱好者鉴于它的灵活性而选择使用变焦镜头。总的来看，定焦镜头有一个固定的范围，28毫米，50毫米，100毫米，135毫米，200毫米以及300毫米都是我们常用的焦段。

很明显，定焦镜头在光学质量方面仍然较变焦镜头有优势，尤其是在最大光圈方面，这样在较暗光线下拍摄成功率更高。定焦镜头通常具备更大而且固定的最大光圈，取景器中看到的影像也因此更加明亮，体型方面也相对紧凑、小巧。这是因为在为定焦镜头进行光学设计时需要兼顾的因素更少。而它的缺点是摄影者需要携带更多的镜头，还有就是价格昂贵。特别是需要远足的情况下，笨重的设备增加了摄影者的负担。

定焦镜头最大的缺点通常被认为是缺乏灵活性和方便性。片面来看，似乎是这样的。但奇怪的是，这反而成为了它最大的优势。使用定焦镜头会

∧ 定焦镜头

固定不变的焦距也许看起来有些过时了，而实际上它们仍能够为数码单反摄影者带来不少意外的收获。出色的光学质量和大且固定的光圈对于爱好者仍具备很强的吸引力。从35毫米到1000毫米焦距范围内都能见到定焦镜头的身影。

让你慢慢变成一个更有创造力的摄影者，为了得到精确的影像，它迫使你调整你的拍摄位置，而不是仅仅站在一个地方然后将镜头拉远拉近。因此，定焦镜头可以避免让摄影者变得懒惰。

▶ 斯瓦那吉海湾

定焦镜头和变焦镜头都有各自的优缺点。有时候变焦镜头的多功能性更有优势；有时候定焦镜头的速度和简便性能可能更合适。和很多摄影者一样，我也搭配着使用变焦和定焦镜头以确保面对任何拍摄对象和场景时都有可以使用的焦段。

尼康D300机身，20毫米镜头，ISO100，曝光时间3分钟，光圈值f/22，偏振镜，10挡中灰滤镜，0.9中灰渐变镜，三脚架

镜头小贴士

无论定焦还是变焦镜头都可以在你的摄影包中占有一席之地。和很多摄影者一样，我也搭配着使用变焦和定焦镜头来应对不同的拍摄对象。请记住，无论你选择哪种，永远应该买你能买得起的最好的设备。

变焦镜头

变焦镜头能够改变焦距长度，因此视角（参见20页）也随之改变。镜头都是由很多独立的镜片组合而成，这些镜片有的被固定在镜头内部，有的则可以沿着镜头光轴方向前后移动。随着变焦镜头放大倍率的变化，必须要对焦平面的改变进行矫正才能获得清晰的图像。这可以通过机械调节或光学调节来完成。比如，变焦镜头的装配分为两个部分：一个是类似于标准镜头那样固定焦距的镜片组，另一个是无焦点成像系统。后者的作用并不是让光线汇聚到一点，而是增大了进入镜头的光线的面积，也就增加了整个镜头系统的放大倍率。

变焦镜头最大的优势当然是它们无可匹敌的灵活性和方便性。一只涵盖了很多焦段的变焦镜头理论上可以替换许多定焦光学设备，你不必再去购买和携带那些额外的镜头，也不会出现由于更换镜头产生的时间延误。这同时还意味着能最大程度避免灰尘和脏东西在更换镜头时进入相机，附着在传感器或低通滤镜上。

通过旋转或推拉变焦环，就可以精确地选择镜头在可变焦距范围内的任何焦段。变焦镜头现如今相当普及，并且可选范围很大，从10-20毫米超广角到300-800毫米超远摄变焦应有尽有。最流行的焦段为17-50毫米，18-70毫米，55-200毫米以及

镜头小贴士

如果选择了变焦镜头，请购买2-3只变焦范围略小的镜头，而不是仅仅用一只涵盖了所有焦距的大变焦比镜头。这是因为，总的来说，在设计一只10倍或更大变焦比的镜头时不可避免地会做出更多的妥协和折衷。

镜头滑动

这是推拉式变焦镜头通常会出现的问题。这种类型的镜头变焦时会由于摩擦力停留在某一个位置，但有时这种摩擦力不足以对抗镜片的重力。当你缓慢推拉镜头调整好焦距后，如果拍摄时镜头朝上或朝下，则很容易出现镜头滑动问题。双环式变焦镜头通常都不会遇到这种问题。有些镜头安装了变焦锁定环来解决这种问题。

70-300毫米，每家制造商都提供了大量的变焦镜头产品来满足不同摄影者的需求。

变焦镜头通常都用它的最短焦距和最长焦距来描述。比如，一只100毫米到300毫米的镜头会标识为3×zoom（3倍变焦比）来出售。superzoom或hyperzoom这类词条用来描述大变焦比的镜头——通常都达到10倍甚至更大，如18-200毫米镜头具备了11.1倍变焦范围。

早期的变焦镜头光学上确实不敢恭维，不过现如今在影像质量方面，它们和定焦镜头之间的差距已经很小了。这要归功于制造工艺的发展，更高素质的变焦镜头既便宜又很容易购买到。最新的数码单反相机通常都搭载着一只标准变焦镜头来出售，很多摄影者都会选择这样的搭配，业余爱好者和职业摄影师也是如此。变焦镜头的可变焦范围很广，而且还在不断地增加。这些变焦镜头不是没有缺点，便宜的变焦镜头很容易产生像差和光斑，最大光圈也相对小些，而且还不是恒定光圈。例如，一只标识着光圈值为f/3.5-5.6的镜头，说明在它的焦距最短这一端能够达到的最大光圈值为f/3.5，最长

∧ 变焦镜头

如今，几乎任何一个可以想象得到的焦距都可以做成变焦镜头。这是一只适马300-800毫米镜头，体型巨大且价格昂贵，在整个变焦范围内成像都相当优秀。尽管它是一只望远式变焦镜头，仍然保持了f/5.6的最大光圈值，能很好地适应野生动物、体育运动摄影领域。

端的最大光圈值只能达到f/5.6。同时，有些变焦镜头的前组镜片随着焦距的变化一起旋转，使用像偏振镜或渐变镜这类滤镜时就会带来一些麻烦。

但是，定焦镜头在灵活和方便性上是无法和变焦镜头相比的，摄影者可以瞬间将镜头从广角变为望远效果。

∨ 变焦范围

变焦镜头具有很好的适用性。调节焦距范围可以得到不同的拍摄效果。这两幅图片显示了一只变焦镜头表现出来的截然不同的效果——这个场景中我分别使用了18-270毫米变焦镜头的最短和最长焦距端来拍摄。

尼康 D300机身，18-270毫米镜头，ISO 200，曝光时间1/200秒，光圈值f/8，手持拍摄

焦　距

　　焦距不仅决定了这只镜头的视角，还决定了被摄体的放大倍率。焦距以毫米来表示，数值越小说明焦距越短，视角越大；数值越大则说明焦距越长，视角越小。另外，焦距的长度还影响了透视效果（参见26页）。

　　焦距是光学系统中衡量光线聚集或发散的度量方式。平行的光线进入对焦在无穷远的镜头后，它们汇聚到一点，这个点叫做焦点。简单来说，焦距长度是指从透镜的光心到焦点的距离。为了能够对焦到比无限远近一些的被摄体上，镜头要调节至距焦平面更远的位置。这就是很多镜头在转动对焦环时镜头长度会增大的原因。

　　摄影镜头数量庞大，从鱼眼镜头（参见108页）到长达1000毫米的超远摄镜头。我们通常把它们分为广角镜头（参见66–77页）、标准镜头（参见78–89页）和远摄镜头（参见90–103页）。人类的视角大体上相当于50毫米焦距的视角，所以焦距在35–50毫米的镜头都被看作标准镜头。小于这个焦距的为广角镜头，大于的则为远摄镜头。

　　距离被摄体距离相同的情况下，长焦距镜头比短焦距镜头拍摄的画面中，被摄体的所占比例要大。相同的被摄体距离，焦距长度增加一倍会让被摄体在画面中的大小也增大一倍。或者，保持焦距

视　角

　　视角代表了一只镜头的可成像范围。换句话说，是指它可以实现的视角范围，以度来计算。

　　镜头中心点到成像平面对角线两端所形成的夹角就是镜头视角，对于同等的成像面积，镜头焦距越短，视角就越大，可以拍出更宽广的画面，但这样会影响距离较远被摄体的清晰度。当焦距变长时，视角就变小了，可以使较远的物体变得清晰，但是能够拍摄的范围就变窄了。比如说，焦距28毫米镜头的视角就很宽，长焦距镜头的视角就相对窄些。在任何距离下，镜头的视角增大（焦距随之变短），可视范围也会相应地增加。相反，焦距增大，视角和可视范围则减小。

镜头小贴士

　　镜头的焦距长度同时也对如何能手持相机拍摄出清晰锐利的影像有重要影响。使用长焦距镜头拍摄时需要更快的快门速度去避免模糊，这种模糊通常都是由摄影者自然抖动（相机震动，参见55页）导致的。

长度不变，减少被摄体到相机的距离到一半，也会让被摄体在画面中的大小增加一倍。许多数码单反相机的影像传感器的面积都小于传统的35毫米相机标准，就变相地增大了镜头的焦距。想要达到相同的视角则需要更短焦距的镜头。这就是在提及很多数码单反镜头的焦距时，要换算成传统135单反相机的等效焦距的原因。

∧ 焦　距

　　这是一个用不同焦距长度拍摄的同一场景的对比结果。可以看出，在相同的拍摄位置，焦距长度的变化对被摄体最终成像的影响。

镜头和影像传感器

数码单反相机的核心是它的影像传感器。传感器是一种硅片，上面有数百万个感光二极管，每个感光二极管称为一个感光基元。每个感光基元就是一个像素。曝光时，每个二极管读进光量，经过计算后转化成包含了像素、亮度和颜色的数据，之后再转换成电信号。影像就随之被重新构建起来。

影像传感器

数码单反相机中最常用的影像传感器为CCD（电荷耦合器）和CMOS（互补金属氧化物半导体）。这两种传感器同样都能完成捕捉光线，然后转化成电子信号的工作。而这两种传感器对于影像质量来说都差不多，不存在绝对的优势。CMOS的组件比CCD少，更加省电，构建数据的速度比CCD更快。相机的影像传感器记录下影像，它的面积大小还能改变图像的放大倍率。因此，传感器的大小对镜头的有效焦距产生了重要影响。

很难让人相信，每次你拍摄一幅数码照片，你的相机都要进行数百次的运算来捕捉，过滤，插值，压缩，储存，传输，到最后显示这幅图像。所有的这些运算都由相机内部的处理器来完成，就和我们常用的电脑中的处理器类似，只是相机的处理

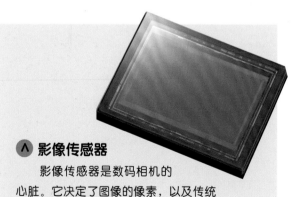

⋀ 影像传感器

影像传感器是数码相机的心脏。它决定了图像的像素，以及传统的135镜头焦距是否有变化。这是一块索尼 α 900 使用的2460万像素的全画幅CMOS传感器。全画幅传感器没有画幅上的缩水，因此焦距是等效的。

器是特殊设计的。影像传感器本身就已经决定了图像的像素和质量。大多数主流的数码单反相机传感器都标称超过了1000万像素。这些相机的传感器大小不一。总体上来说，传感器面积越大，影像质量越高。卡片机和便携式相机往往搭载的都是小规格传感器，中画幅数码相机的传感器面积最大。在数码单反相机中，一共有三种不同类型的传感器规格：全画幅、APS型和4/3型。

全画幅影像传感器

总的来说，35毫米胶片这种规格自从19世纪末开始逐渐普及后没有什么改变，在数码摄影时代这种规格也被保留并延续下来。顾名思义，全画幅数码相机就是说它的传感器面积和传统的35毫米胶片完全相同，即36mm×24mm。由于面积较小的影像传感器制造起来成本很低，所以以前全画幅传感器一般来说只应用于较高规格的相机型号中——比如尼康的FX系列数码单反相机。如今全画幅数码相机正在逐渐地平民化，价格上普通的爱好者也已经可以接受。

由于全画幅数码单反相机没有对传感器大小进行剪切，所以传统的135单反镜头安装后可以得到和35毫米胶片相机完全一致的视场和放大倍率。传感器越大，感光基元越多，能捕捉到的光线就越多，并且噪点会相对较少，图像更加细腻、平滑，具备更多的细节，也显得更加锐利，因此，全画幅传感器能提供更高的影像质量。同时还不会改变原有135镜头的焦距。比如，28毫米广角镜头的焦距和视场都没有变化。因此，那些风光摄影师更加青睐全画幅相机。

传感器规格对比

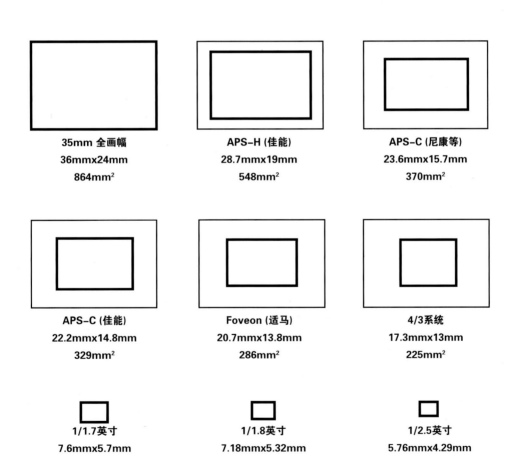

中画幅（柯达KAF 3900传感器）

35mm 全画幅
36mmx24mm
864mm²

APS-H (佳能)
28.7mmx19mm
548mm²

APS-C (尼康等)
23.6mmx15.7mm
370mm²

APS-C (佳能)
22.2mmx14.8mm
329mm²

Foveon (适马)
20.7mmx13.8mm
286mm²

4/3系统
17.3mmx13mm
225mm²

1/1.7英寸
7.6mmx5.7mm
43mm²

1/1.8英寸
7.18mmx5.32mm
38mm²

1/2.5英寸
5.76mmx4.29mm
25mm²

裁切型影像传感器

大多数入门级和消费级数码单反相机都使用APS-C型影像传感器。它要比全画幅小些——25.1mm × 16.7mm。实际上，根据制造商和型号的不同，我们还可以看到从20.7mm × 13.8mm到28.7mm × 19.1mm这个范围内的多种不同的APS型传感器规格。这些规格都被称为裁切型影像传感器。由于传感器面积变小了，就会影响镜头焦距换算的结果。为了矫正焦距，安装在这种相机上的镜头都要进行倍率乘法计算，称为等效焦距长度。具体乘以多少要根据传感器的精确面积来决定，通常是乘以1.5倍。所以，一只200毫米焦距的镜头等效于200乘以1.5后的300毫米焦距。根据摄影需要的不同，这种需要换算焦距的情况既可能带来好处也有它的缺点。比如，传统的广角镜头就丧失了它的大

> ### ▶ 倍率因素
>
> 裁切型影像传感器对于焦距长度有不小的改变，有效地增加了你手中单反镜头的拍摄能力。当我们拍摄那些胆小的野生动物和远距离物体时，这种优势越发突出。下一页是使用APS-C型传感器和全画幅传感器相机拍摄的对比图。放大效果非常明显。

视角特点，要获得原来大视角的效果，只能选择焦距更短的镜头。另一方面，远距离摄影时，比如拍摄运动会、野生动物、舞台表演等，这种倍率因素就带来了不少优势。

4/3系统

4/3系统得名于它的CCD规格。这种传感器规格为18mm × 13.5mm（对角线长22.5mm）。因此，它的面积只有APS-C规格传感器的30-40%，而它的长宽比例为4：3，这要比普通的3：2画幅比例要方一些。奥林巴斯和柯达公司共同设计并推广了这种规格的传感器。之后松下和适马公司也宣布支持

4/3系统的开发。它的镜头接口直径大约是成像圈的两倍，意味着有更多的光线可以直射进入传感器，确保了锐利的细节以及画面边缘准确的色彩还原。由于这种小型传感器等效焦距需要乘以2倍，生产厂商就可以制造更加小巧、轻便的镜头。4/3系统无疑是对传统摄影系统的一场革命性挑战。

> ### ▶ 4/3系统
>
> 奥林巴斯是推广4/3系统的先驱之一。这套系统的目的是为制造商们提供一个兼容的标准，不同厂商的机身和镜头也可以互换使用。

透　视

世界是三维立体的，而摄影只能表现二维空间。尽管如此，我们的大脑仍可以识别一幅图像中的距离和深度。换句话说，即透视关系。透视是由两方面因素决定的：一、相机到被摄体的距离；二、镜头焦距（参见20页）也会有某种程度的影响。理解透视的概念非常重要，这可以令你有能力创造、控制、甚至利用透视，产生惊人的作品。

透视和深度以及空间关系息息相关。人眼通过近大远小、景物线条的角度和平面的汇聚来判断距离。比如说，如果你远望一条铁路，我们的眼睛可以感知两条铁轨在地平线的远处相交为一点。透视是个强有力的构图和视觉工具，摄影者利用透视可以创造出体积、空间、深度和距离的变化效果。

摄影者如果能把三维的东西更多地表现在二维的图像上，那么他们对于最终的影像控制能力则越强大。严格来说，相机到被摄体的距离控制了透视。距离被摄体越远越会压缩前景与背景的空间关系，让被摄体看起来和背景距离更近。距离近些将会夸大前景和背景的距离，拉伸透视并且让前景被摄体看起来更大，比后面的景物看起来更突出。

很多摄影者认为透视仅仅是通过焦距来改变的。比如说，广角镜头能够夸大透视，远摄镜头则会压缩透视。其实，这个观点是错误的！原因很容易理解。如果使用一只短焦距镜头和一只长焦距镜头而想让被摄体和在画面上呈现出相同的大小，摄影者就必须前后移动，靠近或远离被摄体。其结果是透视关系改变了。

但是，镜头的选择对透视还是有影响的。比如说，我们用短焦距镜头来拍摄一个很近的东西，背景中的物体就会被表现为距离主体非常远。这是因为当我们聚焦很近的时候，镜头到被摄体的距离和镜头到背景物体的距离会成比例地改变。较近的物体会显得更大而在画面中占主体地位，而较远的物体会看起来更小。这就产生了夸张的透视效果。实际上，用短焦距镜头接近被摄体是一种很流行的拍摄方式。这样会让人把注意力集中在主体上或是制造出一种"变形"的感觉。而用远摄镜头

并不会真正压缩透视，只是它会产生压缩的感觉罢了。

通过合理地利用相机到被摄体的距离以及镜头的焦距，摄影者能够拍摄出一幅景深看起来很"深"或很"浅"的图像。虽然这种深或浅的感觉可能只是一种幻觉，却是不可缺少的视觉工具。

镜头小贴士

按照你排列的顺序来拍摄，保持被摄体在画面中的大小不变，然后不断改变相机到被摄体的距离，之后再改变焦距。这样做能帮助你来理解透视的偏差，以及这种偏差的用途。

18mm

28mm

35mm

50mm

75mm

100mm

200mm

∧ 透视和焦距

　　相机到被摄体的距离决定了透视感，透视还和画面空间中被摄体的纵深有关。请按顺序观察以上的图片，你会发现虽然主体在画面中占的大小比例没有什么变化，但它的外观和它与周围的对比关系却明显地不一样了。

超焦距

镜头只能精确地对焦在一段距离之上，清晰度在焦点前后会逐渐地降低。因此，在正常观察条件下，有效景深范围内看不出任何清晰度的降低。景深范围大约在对焦点之前占三分之一，之后占三分之二。超焦距距离就是在任何一个特定的光圈下你能得到的最大的景深。当你需要大景深时，确定这个点非常重要。比如说拍摄风光时，当镜头对焦在超焦距上，那么景深范围就涵盖了从这个点到相机距离的一半开始一直到无限远。

超焦距距离取决于镜头的焦距和光圈。如果你的镜头有景深刻度表，那么计算出这个点非常容易。只需要将镜头距离标尺上无限远的刻度对准你选择的光圈刻度就可以了。遗憾的是，现在很多镜头生产商都抛弃了这个有用的刻度表。这意味着摄影者只能自己计算或估计距离了。

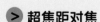 **超焦距对焦**

我使用了一只APS—C型数码单反相机和12毫米镜头拍摄了这幅图片，光圈值f/16. 根据对页的表格，超焦距大约是1.7英尺（52厘米）。我手动对焦在这个距离上，那么从距离相机大约26厘米开始一直到无限远都是清晰的范围。

尼康D300机身，12-24毫米镜头（位于12毫米焦段），ISO 100，曝光时间1/15秒，光圈值f/16，偏振镜，三脚架

我在互联网上发现，有很多种景深的计算方式和超焦距的图表，表格和方程式供大家下载。但是，实际操作时，摄影者通常需要更快的方法。其中的一种方式是聚焦到无限远，然后按下相机的景深预览按钮。焦点范围内最近的点就是超焦距的长度。调整焦点到这个点就是此时最大的景深范围。但是，为了更加精确，这里有两个表格提供了常见的全画幅和APS-C型广角镜头在不同光圈下超焦距的距离。

令人沮丧的是，很多镜头的距离刻度表都不够精确，所以想把镜头聚焦到一个具体的距离并不容易。比如，镜头上也许只有0.3米、0.5米、1米和无限远的标记。因此，我们有时候只能靠猜测。其实，超焦距聚焦也没必要那么精确，能够大体上接近就可以了。因此，如果需要的话，凭估计来判定超焦距的距离完全可行。

在误差的范围之内并不会影响拍摄，通过聚焦在超过超焦距距离一点的位置上，至少从相机到超焦距的一半至无穷远的这段距离都会是清晰锐利的成像。很多摄影者根本不担心距离的问题，他们仅仅是大概聚焦在三分之一处。这是一种粗略但快速的方法，虽然不精确，但比只是聚焦到无限远要好得多。

这些表格会帮助你在使用不同型号传感器、焦距和光圈时来确定超焦距的距离。一旦你已经聚焦在了超焦距距离上，请不要再调整焦距或光圈，否则你需要重新来计算。

超焦距：剪切型影像传感器

焦 距

光圈		12	15	17	20	24	28	35
	f/8	3.2英尺 (98厘米)	5英尺 (1.5米)	6.4英尺 (1.95米)	8.9英尺 (2.71米)	12.6英尺 (3.8米)	17英尺 (5.18米)	27英尺 (8.2米)
	f/11	2.3英尺 (70厘米)	3.5英尺 (1.07米)	4.5英尺 (1.37米)	6.2英尺 (1.88米)	9英尺 (2.74米)	12英尺 (3.65米)	19英尺 (5.79米)
	f/16	1.7英尺 (51厘米)	2.5英尺 (76厘米)	3.3英尺 (1.05米)	4.4英尺 (1.34米)	6.4英尺 (1.95米)	8.6英尺 (2.62米)	14.5英尺 (4.42米)
	f/22	1.2英尺 (37厘米)	1.9英尺 (58厘米)	2.3英尺 (70厘米)	3.2英尺 (98厘米)	4.5英尺 (1.37米)	6英尺 (1.82米)	9.5英尺 (2.9米)

超焦距：全画幅影像传感器

焦 距

光圈		16	20	24	28	35
	f/8	3.8英尺 (1.16米)	5.6英尺 (1.7米)	8英尺 (2.43米)	11英尺 (3.35米)	17英尺 (5.18米)
	f/11	2.6英尺 (79厘米)	3.9英尺 (1.19米)	5.8英尺 (1.77米)	7.8英尺 (2.38米)	12英尺 (3.65米)
	f/16	1.9英尺 (58厘米)	2.9英尺 (88厘米)	4英尺 (1.22米)	5.5英尺 (1.67米)	8.5英尺 (2.6米)
	f/22	0.4英尺 (12厘米)	2英尺 (61厘米)	2.9英尺 (88厘米)	3.9英尺 (1.18米)	6英尺 (1.82米)

光圈和景深

可更换式数码单反相机镜头都内置光圈；术语称为虹膜式光圈。虹膜式光圈由多个相互重叠的弧形薄金属叶片组成。金属叶片越多，孔径越近圆形。叶片的离合改变了中心圆形孔径的大小，光线通过光圈的孔径在传感器上形成影像。就像瞳孔的缩小或放大那样，摄影者可以采用改变光圈来调整通过镜头光量的多少。

光圈是用来控制曝光变量的最主要的工具之一。其它的两个分别是快门速度和ISO感光度。光圈还能够改变景深，所以理解清楚选择光圈值会对最终的成像起到怎样的影响是相当必要的。

| f/2.8 | f/4 | f/5.6 | f/8 | f/11 | f/16 | f/22 |

∧ 镜头光圈

这幅图示图解了光圈在不同挡位时光圈的大小。

理解光圈值

镜头的光圈用数字和f值来规定。通常来说，范围从f/2到f/32。但是，这个范围取决于镜头本身，有的范围更大，有的则小一些。光圈值的标准序列为f/2.8, f/4, f/5.6, f/8, f/11, f/16, f/22, f/22以及f/32。

上述的f值都是整挡调节的光圈值。现今的数码单反相机也允许摄影者以1/2或1/3挡的调节量来变化光圈值，这样可以实现更加精确的曝光。

f值代表的是焦距除以光圈孔径的直径。比如，f/2表示光圈的直径是镜头焦距的一半，f/4为1/4，f/8为1/8，以此类推。那么一只50毫米焦距的镜头，光圈值为f/2时光圈直径为25毫米，光圈值为f/4时光圈直径为12.5毫米。

镜头光圈的范围是指它的最大孔径和最小孔径。最大光圈也就

是光圈完全打开的状态；关闭光圈到最小时，则有最少量的光线通过。很多变焦镜头有两个最大光圈挡位，比如55–200毫米f/4–5.6。这表示镜头能实现的最大光圈根据镜头的焦距变化而改变。

f值会让我们混淆一些概念。因为最大光圈是由最小的数字来表示的，比如说f/2.8或者f/4；小光圈却是由大的数字表示，比如f/22或f/32。这和你想象的可能完全相反。因此，为了帮助你记清楚它们的大小，我们不妨这样来理解：f后面的数字其实是分母，上面的分子均为1。也就是说，f/8其实是1/8，f/4是1/4。显然，1/8小于1/4。

镜头的光圈和快门速度是一个互补的关系。调整光圈大小和改变快门速度都会影响通过镜头的光线强度。简单来说，选择一个大一些的光圈（f值则很小），光线会很快

通过，这时需要相应地缩短快门开启的时间；那么选择一个小一些的光圈（f值较大），曝光时间就需要长一些，快门开启的时间就应该增加。这会对视觉效果有重要影响，因为快门开启时间的长短会改变运动物体的成像效果，而光圈的大小则能够决定记录的影像哪些部分是清晰的。这些清晰的区域被称为景深。

镜头小贴士

"降挡"是一个常见的摄影术语，表示通过缩小光圈来减少进入镜头的光线。比如将光圈值从f/8调节至f/11，你就减少了1挡进光量。

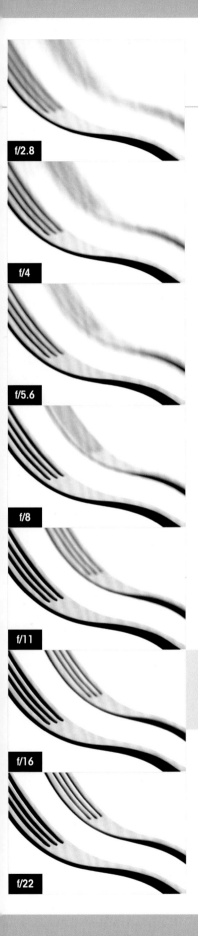

f/2.8

f/4

f/5.6

f/8

f/11

f/16

f/22

景　深

　　景深是一个重要的创造工具。大光圈，比如f/2.8或者f/4会带来很小的景深范围。这样会让前景和背景中的细节出现在对焦点以外，使它们模糊化，减少了画面中任何分散主体注意力的因素，让我们的目光首先聚焦在主体或对焦点之上。这样能很好地表现动态、肖像和特写。但如果光圈太大了，就可能无法产生足够的前后清晰范围，主体也就无法识别了。

　　镜头光圈是控制景深最主要的工具。除此之外，景深还会受到镜头焦距和被摄体到相机之间的距离以及对焦点的影响。了解这些很有用处，有些时候我们需要在不改变光圈大小的前提下让景深的范围最大化。这时候就可以改变镜头的焦距或调整被摄体到相机之间的距离。比如说，长焦镜头相比短焦镜头来说景深范围更小。相机和被摄体之间的距离也和景深大小有相应的关系，我们距离被摄体越近，获得的景深范围越小。这也是在肖像摄影中想要得到足够的景深并不是件容易的事的原因。最后，对焦精确度也会改变最终影像中景深的落点。景深范围大约在对焦点之前占三分之一、之后占三分之二。所以如果你对焦到无限远，在对焦点之后的那三分之二区域的景深就等于是浪费掉了。

◀ 景　深

　　这一系列对比图帮助我们来理解每缩小1挡光圈对景深变化的作用以及被摄体被记录的方式。

自动对焦和手动对焦

为了能够捕捉到清晰锐利的影像，镜头必须精确地对焦，也就是通过光学系统投射到传感器上的影像的点，在这个点上主体细节应该表现清楚。主体如果脱离了焦点，就会显得模糊不清，影响了整个图像。完成对焦有两种方式：一是手动对焦，摄影者可以通过旋转镜头的对焦环到某一具体的距离刻度；另一种是自动对焦，依靠传感器来校正对焦。这两种对焦方式根据不同的情况都有各自的优势。因此，我的建议是，不要只依靠其中一种，而是要根据被摄体和具体情况来选择合适的对焦方式。

手动对焦（MF）

摄影者手动旋转对焦环带动镜片前后移动以得到锐利的影像。通常在镜身旁边有手动对焦选择拨杆，有的是在相机的菜单中选择，还有的是在镜头的一侧设置有MF/AF转换开关。

如果你仍然对数码单反摄影很陌生，你可能会想：现如今的相机已经具备了成熟的自动对焦系统，为什么还要使用手动对焦呢？没错，最新的自动对焦系统既快速又可靠，但并不代表绝对不会出错。比如说，在光线很暗的情况下，或者被摄体距离我们非常近或非常远的情况下，你的相机想要精确地对焦就会有困难。它可能会驱动镜头前后来回地对焦（俗称拉风箱），从而错过了宝贵的时机。另外，如果你隔着玻璃拍摄，比如透过飞机的窗户或者隔着栅栏拍摄动物园的动物，你的相机可能也会犹豫不定，不知道该对焦到哪儿。在类似这种情况下，手动对焦是个更好的选择。

你的相机也无法预知你想要的对焦点。对于某一

镜头小贴士

自动对焦系统在一定的亮度范围内才能工作，所以在低照度下，它们就很难准确地对焦。相机的自动对焦辅助灯这时能发挥一定的作用。但如果相机还是无法完成自动对焦，这时候最好调节到手动对焦模式。

挡光圈来说，要想利用好景深的最大范围（参见31页），你可能需要把焦点对在被摄体略微靠前或靠后一点的地方。这也只能靠手动对焦来完成。

对于一些特殊的拍摄情况，像风光摄影和微距摄影，手动对焦令你有更好的控制和精准度。如果你视力尚可，这种状况下手动对焦优势更大。通过练习，完全可以达到不错的速度和准确度，有些摄影者在任何时候都选择手动对焦，甚至在被摄体不断移动的情况之下。不过，最先进的自动对焦系统速度惊人，功能完善，准确性也逐渐趋于完美。当需要追踪高速动体目标，像比赛、奔跑的动物和飞行表演时，自动对焦通常是目前摄影者们首选的对焦方式。

自动对焦（AF）

自动对焦系统依靠电子、传感器和马达来测定正确的焦点。大多数现代的数码单反相机使用透过镜头式（TTL）的光学自动对焦传感器，它同时还有测光功能。自动对焦总的来说快速、准确而且安静，完成自动对焦只需半按快门释放按钮，它是如此简单，因此，大多数摄影者都更喜欢这种对焦方式，你一点儿都不必感到诧异。

大多数的数码单反相机使用了一种叫做"被动式"或称之为相位侦测系统（参见56页），它通过进入镜头后形成的影像来分析测定被摄体的距离。之后驱动镜头前进或后退以寻找最佳的焦点。被动式自动对焦需要光线和反差才能有效地工作。因此，如果你想要对着同一片相同颜色的物体拍摄，比如一片白墙，相

机的自动对焦就很难实现，因为它无法对比相邻点之间的反差。好在大多数数码单反相机都有一种自动对焦辅助灯，它发出带图案的光束让自动对焦系统能有效地运行。一些小型相机通常使用的是主动式自动对焦系统。它利用红外光来实现自动对焦，这种技术对被摄体的距离有一定限制，而数码单反相机的自动对焦辅助系统则没有这种约束。

自动对焦无疑给那些视力不好的摄影者带来了不可缺少的帮助。很多新闻、体育和野生动物摄影师也对现代自动对焦技术依赖性很大。想要把那些动态目标拍摄下来，并且清晰锐利，自动对焦系统无疑更有帮助。自动对焦系统是现代镜头设计中一个完整的部分，技术也日臻成熟。很多自动对焦系统都搭载了多点对焦传感器，它提供了若干对焦点供摄影者来选择。覆盖在画面中的对焦点范围很大，这样也更容易锁定被摄体。摄影者构图也更方便，不必只使用中心对焦点来对焦。很多自动对焦系统也可以实现激活全部对焦点的功能，或者只选择单一的对焦点。同时还有不同区域自动模式和自动焦点模式。比如，单次自动对焦，只自动对焦一次；连续自动对焦，用于对运动物体连续地跟踪对焦。

∧ 对焦点

新式的数码单反相机拥有多点自动对焦系统，它有几个自动对焦传感器，在画面中覆盖的面积很广。大多数多点对焦系统可以实现激活全部对焦点的功能，或者只选择单一的对焦点。这样，即便被摄体不在画面中心，也可以拍摄到清晰的图像。

宾得K10D机身，55–200毫米镜头（位于200毫米焦段），ISO200，曝光时间1/800秒，光圈值f/5.6，手持拍摄

镜头的选择

对"如何来选择镜头"提建议很不容易。这很大程度上取决于你的个人预算、使用需求和你想要拍摄的题材。我所能给你的最好的建议是选择你能买得起的最好镜头。这个观点似乎太平常了,但令人惊讶的是,有那么多的摄影爱好者花了大价钱去购买相机,却不舍得花钱在镜头上,其实长远来看,这么做并不经济。没有高质量的镜头,你又如何能发挥相机的全部潜力呢?

市面上有很多种不同品牌,不同型号的镜头,买镜头就像进了雷区。希望本书能让你对镜头有所了解,做出正确的购买决定。

我需要什么焦段的镜头

只有你自己才能回答这个问题。这很大程度上取决于你的需要和你打算拍摄的题材。数码单反相机最大的优势之一就是它让你并不局限在某一个焦距上。你可以随时添加不同焦距的镜头来扩充你的摄影系统。基本上到了最后,大多数摄影者都会组建一个不同镜头构成的系统。比如,我的镜头体系涵盖了12毫米(超广角)到400毫米(超远摄)的焦段。我们大多数人都没能力一次性就购买3或4只镜头。组建你的系统可能需要很长时间,请把购买的顺序提前做好计划。

如果你还是个数码单反摄影的新手,最好从标准镜头开始(参见78–89页)。大多数新型数码相机都搭配一只轻便的标准变焦镜头套装出售。这对那些每天都背着相机拍摄的人来说是个很不错的选择。可我们都知道,这类套装镜头往往都相对来说比较初级,最大光圈不够大,做工和成像质量也谈不上出类拔萃。因此,未来,你也许想要一只高质量镜头来替换它。

除非你打算去拍摄体育或动态摄影,否则完全没必要去投资远摄大光圈镜头,往往这类镜头的价格都令人咋舌。但大多数摄影者都想去拍些远距离的被摄体并且把它们拍得很大。所以有些远摄镜头(参见90–103页)是不错的选择。比如70–300毫米的变焦镜头,这个焦距范围适用性很广。如果你有能力购买两只镜头,可以选择一只标准变焦和一只远摄变焦镜头。它们基本上可以涵盖35毫米到300毫米的范围,这对拍摄大多数场景来说都够用了。

添加一只广角镜头对于很多摄影者来说也很实用,特别是喜欢风光摄影的人。所以广角镜头可以当做你下一步的首选目标。

一旦你拥有了这些常用镜头以后,你可能就会想要买一只专用镜头进一步开发相机的潜能了。

▼ 选择镜头

镜头算是不小的投资,你当然不想做出一个令人后悔的决定。本书可以帮助你来确定哪些焦距的镜头适合你,是变焦还是定焦。基本上,购买哪只镜头或者说哪些镜头还是由你的预算和需求来决定。如果你喜欢拍摄野生动物,你的首要选择应该是一只远摄镜头或远摄变焦镜头。

尼康D300机身,70–300毫米镜头(位于200毫米焦段),ISO200,曝光时间1/125秒,光圈值f/4,手持拍摄

∧ 镜头选择

可供选择的镜头焦距范围非常广泛。对于大多数数码单反相机使用者来说，两到三只不同焦距的镜头足够用了。请根据你的个人需求和喜欢的题材来购买镜头。

我应该选择定焦还是变焦

这并不是一个用简单、明确的语言就能回答的问题。还是那样，你所做的决定基于你的预算和需要。在16页到19页中，我们讨论了定焦和变焦镜头的优点。变焦镜头的功能丰富，定焦镜头的最大光圈更大，影像质量也更好。和很多摄影者一样，我的镜头既有定焦也有变焦。由于变焦镜头的灵活性强、焦距可变这些优点，它们比定焦镜头更受欢迎，同时也能帮你节省预算。如果你只能购买或者携带一只镜头，那变焦镜头毫无疑问是不二之选。它们更适合旅游摄影，或者当你要走很长的路途且需要轻装上阵时，一只像18-200毫米这样的"多功能镜头"毫无疑问是最实用的选择。

定焦镜头通常在光学上更优秀，最大光圈也相对更大。可单一的焦距又带来了局限性。从另一个角度上看，这也可能让你更加勤奋，也迫使你更多地思考构图和视点，而不是站在一个地方不动，把焦距变来变去。因此，定焦镜头仍然在你的摄影包中占有一席之地。不少狂热的摄影者，他们组建了一大套的镜头群后，往往会去投资购买至少一或两只高素质定焦镜头。在你购买之前，仔细考虑清楚你期望镜头带给你的是什么，还有你摄影的首要目的是什么，让这些回答来帮助你作出选择。

独立品牌镜头

每个相机制造商都制造了一系列镜头，专门用于搭配它们自己的机身。它们自然会去推荐你购买原厂镜头，这些镜头通常都比第三方品牌的镜头价格高不少。所以，如果预算是个问题的话，别小瞧那些独立品牌的产品，比如适马、腾龙和图丽。如今，这些独立品牌镜头的做工和光学质量都可以和那些相机制造商生产的镜头相媲美，而它们却更便宜。它们都宣称说它们生产的镜头能和机身功能完全匹配（最好在购买之前先测试），而且这些第三方镜头生产各种主流相机的卡口供我们选择，包括4/3系统。

购买第三方镜头生产商的产品不应该被看做是一种折中的方法，这其实是预算使用效率最大化的一个不错的方法。

＞ 独立品牌

独立品牌的镜头，如适马(Sigma)、腾龙(Tamron)、图丽(Tokina)都是非常优秀的，它们的产品通常都可以和原厂的产品匹敌。因此，它们不应该被忽略，尤其是你打算用有限的资金办最多的事时。

光学质量和MTF曲线

购买镜头是一项很重要的决定，你总是想要买到一只你预算内成像质量最好的镜头。每个摄影者都会迷茫于不知道该买哪只镜头。那么如何来比较它们呢？参考摄影杂志或网站上的专家评测会有些用处，但最好方法之一是去看一下这只镜头的MTF曲线图，这是目前分析镜头的解像力跟反差再现能力比较科学的方法。

MTF曲线（模量传递函数）

镜头的素质通常说的是它的解像力，解像力又取决于镜头表现反差的能力。这些词听起来过于专业化令人困惑，不过MTF曲线图看起来就相对容易理解，它让我们对镜头光学性能有一定的认知。在评价摄影镜头成像质量的优劣方面，MTF曲线评价方法是最全面、最科学、最完善的方法。同时也只有这样，才可以把摄影镜头的解像力和反差两种光学指标联系起来，并最终反映出二者对所成影像的作用与影响。

MTF曲线使用的是黑白逐渐过渡的线条标板，通过镜头进行投影。被测量的结果是反差的还原情况。对比度和反差是指景物或影像中的最大亮度和最小亮度的比值或差值。比如景物中的最大亮度为100，最小亮度为1，则可以说它的对比度为1：100。而调制度有着更为严格的定义：最大亮度与最小亮度的差与它们的和的比值。如果所得影像的反差和测试标板完全一样，其MTF值为100%。这是理想中的最佳镜头，实际上是不存在的；如果反差为一半，则MTF值为50%。数值0代表反差完全丧失，黑白线条被还原为单一的灰色；当数值超过80%（20lp/mm下）则已极佳；而数值低于30%则表示影像质量较差。

有些参考书上把调制度叫作"对比度"、"反衬度"和"反差"。但前者与后三者还是有区别的。两只反差不同的镜头对同一景物(例如对比度1:100)的表现不同，所以影像的对比度不同，一个为1:50；另一个为1:20。前者的调制度为0.96；而后者的调制度为0.90。好的镜头的MTF值非常接近于1，即影像的调制度与景物的调制度非常接近。例如我们上面所举的

例子：MTF 值=0.96，已非常接近于1，是一只很好的镜头。

理解MTF曲线

当你购买镜头时，更好地理解MTF曲线将帮助你做出正确的选择。对页是一幅MTF曲线的图示。

MTF特性图反映出镜头由中心区到边缘位置的画质表现。图表的水平轴，由0至20，代表从35mm影像中心点沿着对角线到画幅角位的距离，大约是21.5毫米。图表的垂直轴，代表镜头在记录这两种不同方向、不同粗细线条时所显示的精确度。

图中的实线及虚线，分别对应弧状线及子午线。理论上，一支完美的镜头将会在MTF特性图顶部划出一条笔直的水平线，代表镜头从中心部份到边缘位置都具有100%的精确还原度。当然事实上并不存在这样完美的镜头，因此一般的MTF特性图中的线是呈曲线，由左至右移动，镜头由中心到边缘的质素变化时，曲线趋向下滑。

影响MTF值的因素很多，诸如不同品牌、不同型号、不同焦距、不同有效孔径的镜头的MTF曲线都不同；同焦距的镜头，变焦镜头与定焦镜头的MTF曲线不同；变焦镜头的不同焦距段，同一焦距的不同物距处；同焦距、同物距的不同光圈的MTF曲线也不同。

现在，我们已经可以非常清楚地看到：镜头的MTF值，可以反映镜头除了畸变以外的所有像差，而且与实际成像结果非常吻合。一般来说，反差高的镜头，其对同一景物所成影像的对比度也高。因而影像的调制度也高，即镜头的MTF值高。一只摄影镜头的

MTF曲线，既准确而又全面地描述了镜头的综合光学素质，又把分辨率和对比度这两种光学指标有机地结合在一起，学会看懂MTF曲线图，对于追求高素质影像效果的摄影者更为必要。

⋀ 影像质量

投资一套高质量的数码单反相机系统，你必然需要你的镜头成像清晰锐利。镜头的MTF曲线是帮助你做出正确选择的参考数据。

尼康D300机身，150毫米镜头，ISO200，曝光时间1/80秒，光圈值f/4，三脚架

⋁ 理解MTF曲线

这是一只适马24毫米广角镜头的MTF曲线，通过它你可以看出这只镜头的中心区域的解像力和反差都非常优秀。不过在成像的边缘有明显的下降。

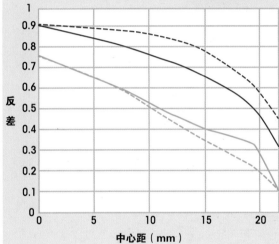

镜头小贴士

在镜头制造商的产品手册和网站上都可以找到镜头的MTF曲线。通过对比它们的MTF测试表现，你可以大体判定候选镜头名单中的最佳选择。

镜头的护理

镜头是一项不小的投资，不仅仅是购买时所花费的金钱。我们用镜头来拍照片，它最终决定了你的图片质量。如果由于镜头的问题拍摄失败，那么等于浪费了你的资金、时间和精力。因此，小心地使用和保养你的镜头就等同于维护你的投资。你要注意的是如果正确地安装、携带、清洁和保存你的镜头，它的光学表现会始终如新，生命力更长久。

安装镜头

为了改变焦距和镜头类型，数码单反相机使用者需要不断更换镜头。即使你是一个数码单反相机初学者，换镜头也非常容易。用不了多久，就能够熟练、快速、甚至本能地更换镜头。但需要记住，镜头的后卡口和机身的接口都是精密的组件，一定要小心地连接它们，确保不要让它们受到损坏。任何时候，当你想要安装镜头到机身上，首先应检查相机电源是否关闭，找到镜头卡口上的标记，让它和机身卡口的标记对齐后再安装。旋转镜头直到镜头完全定位。有些卡口需要顺时针旋转，有些则是逆时针。如果你不清楚，请先查看相机说明书。

小心地安装镜头，你可以降低镜头磨损或出现故障的风险。不过不可避免的是，镜头和机身的卡口必然会随着使用出现灰尘和污垢。如果连接的触点脏了，像自动对焦系统这类的电子元件就会受影响。请使用柔软、干燥的布轻轻地清洁这些污垢。

镜头小贴士

购买一个专门为携带镜头而设计的相机包。包内填充的隔断可以有效地防止外界的冲击和潮气。白金汉（Billingham）、乐摄宝（Lowepro）和天域（Tamrac）摄影包都是其中的主流品牌。

清　洁

镜头是相机的眼睛，所以一旦它脏了，有了痕迹或者划伤，成像质量就会降低。镜头的最前端镜片附着的灰尘和污垢始终困扰着摄影者。虽然说在不必要的情况下，不要清洁镜头，但保持镜头干净也是必要的。否则，将会影响成像质量，镜头产生眩光的危害也会增加。用吹气球或软刷处理掉那些表面的浮尘或小颗粒。如果用清洁布来擦拭，可能无意中会带动灰尘或颗粒与镜片产生摩擦而出现划痕。用一块细纤维软布或者专用的镜头布或镜头纸来擦掉镜片上的指纹时，动作一定要轻柔。对于那些不宜擦去的顽固痕迹，就需要使用清洁液。一定要使用专用的镜头清洁液才行，千万不要尝试用氨水或其它家用洗涤剂来擦拭镜头，那可能会造成镜片不可修复的损伤。应将专用的镜头清洁液倒在干净的软布上，不要直接涂抹在镜片上。清洁镜头时，别忘记还有镜头的后组镜片，那些附着在上面的灰尘可能进入相机内部，粘在影像传感器上，导致最终的影像上出现痕迹。

在镜片前安装一块滤镜不失为保护镜头最好的方式之一。像UV镜或天光镜，可以始终安装在镜头的前组镜片上来保护镜头。毕竟，镜片的划痕或损伤都是不可挽回的，而滤镜相对来说就便宜多了。最后，在不使用镜头的时候，记得将镜头的前后盖都盖上，镜头盖可以防止灰尘和污垢的侵害。

镜头笔

像哈马（HAMA）镜头笔这样的专用附件可以用来养护你的镜头。它有可以伸缩的毛刷，用来清洁灰尘和污垢。另一端是可以随镜头表面弧度而弯曲的圆柄，轻轻地按压在镜头有污垢的地方，然后慢慢转几圈，污迹就消失了。

镜头筒

很多镜头都配有镜头筒或软袋，它们被设计用来在运输镜头或存放镜头时保护镜头。它们的重量都很轻，也可以放在相机包中来保护镜头。

存　放

如果有一段时间你不打算使用镜头，把它们存放好是非常重要的。镜头保护筒是个不错的装备。在里面放一小袋硅胶来防止潮气侵袭。或者，把镜头装在镜头套或镜头筒里，然后再放在密封的塑料箱或铝箱内。硅胶是确保你的镜头远离潮气的最便宜的方法。保持镜头处于一个干燥凉爽的环境中，潮湿会让镜头发霉。最后，镜头不要存放在地下室，因为有可能在发水或漏水时，浸湿了镜头。

存放镜头

大多数镜头都有量身打造的镜头保护套一并出售。这是很理想的安全存放镜头工具。此外，还可以买到很多种按照焦距长度设计的镜头保护筒。

镜头小贴士

温度的突然变化会导致雾气的出现。比如，如果你把镜头放置在凉爽的空调房中一段时间后再拿到温湿的环境中，镜头上就会产生雾气，促进霉菌滋生。为了防止这种情况发生，可以将镜头放置在密封的塑料袋中，然后里面放一小袋硅胶。这样雾气会附着在袋子上而不是镜头上。当袋子和周围环境的温度差不多时，再拿出镜头使用。

镜头的握持

无论你使用的是什么焦距的镜头，安全稳定地握持或支撑它们都是很重要的。如果没能这样，那么拍摄的照片就可能会有误差，或者是造成相机震动。焦距越长、视角越小的镜头，这两个问题发生的可能性就越大。如果你能稳定地握持住镜头，则没必要为这些问题担忧。否则就需要利用不同类型的相机支撑物来解决相机稳定性的问题。

手　持

把镜头放置在支撑物上拍摄并不总是可行的，当然这样也不方便。同时，有些摄影者就喜欢那种手持着相机的自由感和灵活机动性。这样的话，在低速快门时，想要减少影像的晃动，就必须尽最大可能稳定地握住相机。

在正常站立姿势下拍摄照片，摄影者应该让肩和脚同宽，并且一只脚和一侧的肩膀比另一只脚和肩膀稍微靠前一些。肘部靠在胸前，手把相机稳定地托在面前。一只手在下面托着镜头，另一手的食指轻轻地放在快门释放按钮上。有可能的话，让你的身体靠在一些坚固稳定的物体上，比如大树、围墙或者是大楼的一侧。

在适当的情况下，跪着拍摄要比站着更稳定。让肘部靠着身体，相机牢牢地靠在脸上，这样让晃动最小化。

对于有些被摄体，比如哺乳动物、植物、两栖动物、爬行动物，卧倒的姿势来拍摄是最接近自然的效果。这种姿势也能拍摄到不寻常的低视角画面。趴在地上限制了身体的晃动，如果使用豆袋来支撑相机和镜头会让画面更加稳定。

独脚架

独脚架用一条腿来支撑相机。你可以通过云台或直接用螺丝把相机固定在独脚架上。它们通常都有两节或三节长度，一旦你把独脚架调节到了你需要的高度，就可以开始拍摄照片了，不需要像三脚架那样还

< 独脚架

独脚架为手持拍摄提供了良好的支撑，但它的稳定性还是无法和三脚架相媲美。

镜头小贴士

实时取景是一项非常有用的功能，但最好不要在手持相机拍摄时使用。手持相机时手臂长度加重了晃动的程度，从而加大了机震或导致构图不良。

要调整其它两条腿的位置。虽然独脚架无法在稳定性上和三脚架媲美，但它却是一种不错的折中方案，灵活性和自由度都比三脚架高得多。所以，它大受那些使用远摄镜头的体育和自然摄影者的青睐。独脚架也相对比较轻便，可以挂在相机包上。有些独脚架专门为那些喜欢登山又热爱摄影的人设计，既可以支撑相机，还可以当做拐杖来使用。

三脚架

毫无疑问，支撑相机最稳定可靠的工具就是三脚架。但由于它又大又重，导致它的方便性很差，三脚架不仅可以消除低速快门时震动的危害，还能够在使用长焦镜头时，让我们获得精准的影像和对焦点。

市场上三脚架的型号可谓五花八门，它们的设计和功能可以满足各种类型的摄影者的需求。主流品牌有宾宝（Benbo）、捷特（Giotto）、捷信（Gitzo）、曼富图（Manfrotto）、竖力（Slik）和金钟（Velbon）。如果你想要改善图像质量，那么买一个好的三脚架，之后你才会明白好的三脚架有多么重要。

购买三脚架时，你的选择首先将会由你的预算和你要使用三脚架所拍摄的题材而决定。比如，如果你喜欢近距离摄影，那么你需要一个可以调节到任何姿势的支撑物。宾宝三脚架在灵活性上是最出名的。但对于一般的摄影来说，一个传统的设计就足够了。

其次要考虑的是重量。这需要从两个角度来考虑。如果三脚架太轻，那么它的有效性就会受限，可能支撑不了比较重的相机或者较长的镜头，还可能容易晃动或者倒下。使用长焦或者重型镜头时，越重的三脚架当然越稳定。但稳定带来的就是重量上的增大，背着它走很长的路肯定不是什么开心的事。另一个选择是购买碳纤维结构的三脚架，它既稳定又轻便。价格上它要比铝合金三脚架贵一些，但不失为一项长远的投资。

在购买之前，还要考虑的是高度问题。三脚架通常都设计成三节或四节。一定要买能够伸展到你的正常舒适使用高度的三脚架，谁都不想总是弯着腰看取景器。有了这些不同设计，重量、高度和材质的差别，最好去商店试试看再做决定。

▼ 三脚架

三脚架可以改善你的摄影质量——这是一个简单的事实。它们不但能提供稳定性还可以让摄影者精确地构图。请购买你能背得动的最重的三脚架。

云 台

有些经济实惠的三脚架的云台和三脚架身是一体的，专业的三脚架和云台可以分离，同时兼容各种不同的云台。虽然套装三脚架也可以使用，但最好还是购买单独的三脚架和云台自己来搭配。那些可供选择的型号和样式多得让人不知所措，但实际上只有两种类型：三维云台和球形云台。球形云台可以平稳地随意转动，然后在你需要的位置锁定。三维云台可以沿着三个独立的轴的方向运动：左右倾斜，前后倾斜和水平旋转。在买之前还是应该去试试看哪种云台适合你的需要。

镜头小贴士

在升起三脚架的中轴之前，请确定三条腿已经全部伸展到最大限度。因为升中轴会影响三脚架的稳定性，尤其是在有风的时候。不到万不得已，完全没必要这么做。如果你的三脚架上有一个钩子可以挂一些东西，比如摄影包，可以用它来增大稳定性。

∧ 长时间曝光

使用长时间曝光，在几秒钟或者更长时间里来虚化一些被摄体的运动，这样可以创造出一种动感的效果。没有坚固稳定的三脚架，这种图片效果是不可能实现的。

尼康D3X机身，24–85毫米镜头（位于24毫米焦段），ISO50，曝光时间10秒，光圈值f/20，中灰渐变镜，三脚架

最好的云台都设计有一个快装板。它通过螺丝直接和相机连在一起，卡在云台的底座上，这样方便在云台上安装或拆下。

▶ 云 台

对云台型号的选择完全是个人喜好的问题。很多摄影者喜爱三维云台，而球形云台也同样受欢迎。

∧ 脚架环

很多又长又重的远摄镜头设计有专用的脚架环，用来均匀地分配机身和镜头的重量。这样也增大了稳定性，减少了镜头卡口承载的重量。

脚架环

脚架环是安装在体型较大的镜头上的一个金属环，上面通常有一个接脚用来和三脚架连接。机身安装了远摄镜头后，重力的平衡点会前移，这样还把相机固定在三脚架上，会造成前倾，而且镜头和相机的卡口受力也会增大，脚架环主要可以起到平衡相机和镜头重量的作用。脚架环在镜身上的定位是通过阻力和调整螺丝来实现的，摄影者能很方便地转动脚架环来完成横幅构图到竖幅的变化。通常，如果镜头需要脚架环，生产商都会配套提供。

豆　袋

专为摄影设计的豆袋是很好的相机支撑物，它可以依靠在几乎一切牢固的表面，比如墙上、车顶，或放置在地面上。相机或镜头周围所有空隙都被豆袋填平，这样就缓冲了大部分晃动。豆袋也特别适合使用远摄镜头的那些自然摄影师，它们便宜、易用，而且在某些场合，是最实用的支撑物。

在市面上可以找到几种类型的豆袋，包括"夹子型"豆袋。它被设计成像字母H的形状，支撑在车门上——当然玻璃需要降下去——而不会下陷或变形。对于那些开着车在野外，藏在车里拍摄野生动物的摄影者来说，简直是完美的支撑物。

八爪鱼

带着很重的三脚架出去可不是什么有趣的事，但想要获得稳定，相机的支撑物又必不可少。那么，在背着三脚架出去根本不实际的情况下，比如徒步行走很远的路并且你还需要相机有支撑物的时候，该怎么办呢？我们还有另一个选择——八爪鱼。

八爪鱼和其它任何相机的支撑物都不同，它有着短而且可以弯曲的爪子，既可以站着，也可以缠绕在柱子或栏杆上。有各种不同大小的八爪鱼，"Focus"是八爪鱼家族中最强有力的成员，最适合来支撑数码单反相机。Focus 宣称能提供非常高的灵活性的同时，还可以保证相机的安全。接环和脚部表层均涂有橡胶，这样能提供额外的附着力。尽管只有29厘米高，500克的重量，它却能支撑最大5千克的重量。

八爪鱼不能被看做三脚架的替代品，只能说在不可能携带传统支撑物的情况下，它是一个不错的折中办法。由于八爪鱼的小巧体型，你拍摄的视点可能会受到限制。但这么一个简单小巧的东西，随手就可以塞到摄影包或帆布包里面，你可以带着它四处游走，而几乎不需要增加额外的负重。

< 八爪鱼

八爪鱼可以任意弯曲，且有附着力的腿能以数不清方式放置，或者缠绕在一些东西上。虽然它可能不能像正常的三脚架那样升高，可它们的重量很轻，适用性强，尤其方便。

第2章　现代镜头技术

为了能发挥出镜头的全部潜能，数码单反摄影师需要熟悉它们的构造和设计。这样，你在那些需要你快速反应做出改变的重要场合，才能熟练到不假思索地使用你的镜头。实际上，每一只镜头都有误差，认识这些缺点，并且掌握如何能让这些缺点不影响你的拍摄是相当重要的。这一章主要讲述这方面的知识。

简 介

相机镜头的工作原理很像人类的眼睛。它"看到"一幅影像，对焦，然后传送它的光亮、色彩和细节到影像传感器——就好像人的大脑——储存在记忆卡里。自从19世纪早期第一张摄影照片出现以来，镜头的原理就始终保持不变。但是现代镜头的构造却和从前大相径庭。今天的镜头已经在自动对焦和光学修正上高度成熟化。

现代镜头技术

这一章我们在讲解镜头结构、技术和光学性能以及适应性之前，先来看看相机镜头的剖面图。熟悉镜头的工作原理以及它们的性能，将会帮助你按照不同的被摄体选择最合适的镜头，同时在你购买新镜头时也有参考作用。

虽然说这一章节要详细阐述现代镜头技术和光学性能，但我会尽量避免使用那些过于技术化的语言来解释。我会尽可能让内容平民化以便大家的理解，而不会过于深入导致大家感到畏缩。

现代数码摄影镜头所使用的技术，像快速、安静、准确的自动对焦和影像稳定技术，已经高度成熟。我们用手指轻松地按动快门时甚至都不会想到，我们能够享受到如此非凡的科技是多么幸运。然而，镜头实际的光学成像质量要比那些技术重要得多。相机镜头是由光学玻璃构成的，它是相机的眼睛。镜头汇聚了光线后，通过折射而相交或者汇聚到一点。镜头的光学表现将会最大程度地限定最终图像的质量。要知道，没有一只镜头是完美的，任何镜头都有偏差，这自然或多或少影像图像质量。还好，现代镜头已经可以很大程度上把这种偏差纠正到最小化。最专业的高级镜头几乎可以做到基本没有任何缺点，当然它们的价格也不菲。虽然说了解常见镜头的缺点很重要，但实际上，有些镜头缺陷导致的影响可以在后期处理时来弥补（参见142页）。

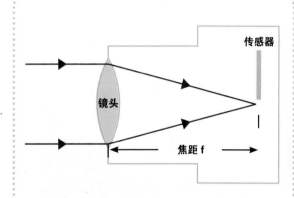

镜头成像的基本原理

光线进入镜头的表面后穿过镜片组。因为光线在穿过玻璃时可以是任何角度而不是90度，所以它们改变了方向。按照设计将各种不同形状的玻璃组合在一起，镜头就可以让光线沿着特定的方向前进。镜头中的矫正镜片能精确地控制光线的方向，因此光线就可以汇聚到一个点——相机的影像传感器。

镜头小贴士

　　不要低估镜头对成像质量的影响。大多数很初级的数码单反相机搭配上优秀的镜头也能够拍出相当不错的照片。但是，即便是世界上最好的相机安装上成像质量很差的镜头，也无法拍出好的图片。

∧ 荒　诞

　　我们很容易就会习惯现代成熟的相机和光学技术带来的便利，这会使我们完全专注于创作。

尼康D90机身，12-24毫米镜头（位于12毫米焦段），ISO100，曝光时间8秒，光圈值f/20，中灰滤镜，三脚架

镜头的外部结构

尽管现代相机镜头的复杂精密度已经很高，并且有很多技术融入进去，可它们的外观相对来说变化并不大，可以调节的装置很少。但是，熟悉镜头的外部特征也很重要。这儿，我们来观察一下常见镜头的外观图。有些镜头的设计可能和这个图示有所区别，比如，有的镜头上有影像稳定系统的选择开关，有的安装有三脚架接环。

对焦环

这是一个手动对焦环。尽管很多摄影者都喜欢使用自动对焦功能，但他们也可以使用这个对焦环来完成手动对焦。

滤镜接口

几乎所有的镜头都有这个接口，它在镜身的最前端，按照特定的直径设计。可以安装旋入式滤镜或滤镜架。

AF/MF转换键

摄影者可以通过这个转换键来选择自动对焦（AF）或是手动对焦（MF）模式。有些镜头转换键设计可能和图示不同。

变焦环

当然，只有变焦镜头才会有变焦环，定焦镜头是没有的。旋转这个环就可以改变镜头的焦距。

光圈环

光圈环通过机械连接着镜头的光圈，我们可以手动来改变。但现在很少有镜头还安装光圈环了，光圈设定都可以通过机身设置来完成。

镜头接口/触点

通过接口将镜头装载在机身上后，这些触点会自动地和机身触点连接，用来传递信息。镜头和机身上通常都有红色或白色的标记点来指示我们如何来安装镜头。

距离标尺

镜身上有显示距被摄体距离的标尺，通常以米和英尺作为单位。有些型号的镜头上还有在不同光圈下的景深标尺。

镜头的内部结构

在过去的20年里，镜头技术有了长足的进步。我们很幸运能用到单反相机系统，这20年间有了很多创新，比如光学镜片的改进，快速、精准的自动对焦系统的开发，以及光学稳定系统的实现（参见54页）。总体上来说，今天的镜头对焦既快速，又灵敏，误差比以前更少了。可你是否想知道，这是如何实现的呢？或者说，镜头是如何制造出来的呢？我们来看看镜头的内部透视图。

光圈

这是一个机械或电动机械的装置，用来控制镜头的光孔以阻挡光线（参见30页）。典型的光圈都是虹膜形状，由多个很薄的金属叶片组成。通过调节可以改变镜头通光孔径的大小。光圈的扩大或缩小就像人眼的瞳孔一样。很多镜头使用了杠杆控制的机械光圈，摄影者可以手动转动光圈环来调节这个杠杆，也可以通过相机来控制。现代镜头通常都安装了由电机或马达来操控的电动机械光圈。

镜片

摄影镜头由很多镜片组成，具体数量要根据设计和镜头的类型而定。被固定在一起的镜片构成一个组。每个镜片都要单独地研磨抛光来发挥特殊的用途——比如将光线按照特定的方向汇聚，或者是矫正另外某一组镜片产生的误差。镜片的形状就和我们常见的放大镜或者眼镜镜片类似。现代镜头有着相当复杂的设计，制造商通常都是用了很多镜片来组装。

自动对焦模块

大多数自动对焦系统都依靠一系列传感器来确定正确的对焦。大多数多传感器自动对焦相机可以手动选择激活某一个传感器，并且很多相机还能够通过计算来自动选择传感器，自动察觉到被摄体的位置。有些自动对焦相机还能够侦测到运动的被摄体是正在靠近还是远离相机，包括运动的速度和加速度的数据，然后始终保持对焦点在被摄体上。通常，自动对焦传感器收集的数据用来控制一个电动机械系统，这个系统再去调节镜头的焦点。

变焦镜头的结构（不适用于定焦镜头）

变焦镜头的内部很复杂。它的机械装置不仅要精确地移动内部的镜片组，同时还需要在移动的同时保持这些镜片组的相对位置。这需要镜头筒中一系列复杂的机构或者是电脑控制的伺服系统来完成这项工作。

镜身

数码单反相机要比传统胶片相机更容易产生各种反射的杂光。比如，影像传感器往往会反射一定数量的光线，然后再反射到镜片上或镜身内部，造成对比度和锐度的下降，同时还会带来眩光和鬼影。镜头镀膜（参见52页）可以减少这种问题的发生，同时镜身内部也需要镀膜来吸收反射光线。另外，镜身整体构造对防止内部反射发挥着重要作用。眩光遮挡叶片可以阻挡那些不正常角度的光线进入相机。挡板和其它装置也用来防止那些不参与成像的光线接触到影像传感器。镜身的长度和大小根据镜头的类型和焦距的长度而变化。

> 镜头透视图

任何一只镜头的内部
结构都非常复杂。每一个
元件都必须完美地协调好
才能正常地工作，让摄影
师集中注意力去创作最好
的图片成为可能。

镜头构造和制作过程

镜头的类型决定了它的结构。比如，是定焦镜头还是变焦镜头，是广角镜头还是远摄镜头。虽然不同的镜头种类有不同的样式，但很多设计外观都是标准化的。现在让我们大体上来看一下制造镜头所使用的原材料，说明一下制造方法。

镜　片

镜片是由专业厂商提供的光学玻璃制造而成。通常分为压铸成形和切割成形。镜片首先被透镜加工机塑形为凹面或凸面的形状。但是，想要达到形状的精确度，镜片还要进行一系列的加工过程。第一步就是先在水中进行粒子抛光。随着镜片进一步被精炼，抛光粒子变得更小。研磨和抛光之后，镜片还要定中心点，这样镜片的外边圆周才能完美，这关系到镜头的中线或者说光轴。塑料镜片、多层粘合镜片或树脂镜片和上述制造过程一样。多层粘合材料被用来制作非球面镜片。通常被称为复合非球面镜。

镀　膜

镜片镀膜是在镜片外表面应用的一种工艺，用来改变镜片的反射和光的传输方向。镀膜分为单层镀膜和多层镀膜。没有镀膜的镜头都会反射一定量的光线，通常在7%左右，会使画面质量下降。因此，镀膜是镜头设计的一个重要部分，它可以消除鬼影、低反差和其它镜头内部光线反射造成的瑕疵。镀膜还能防止氧化，增加透光率。镜头在镀膜之前，镜片表面要清洁干净。镀膜技术和镀膜本身在各个镜头制造商中都是一个主要的卖点，所以也都严格保密。有些镀膜的类型包括在真空状态下蒸镀的金属氧化物、轻合金氟化物和石英层。多层镀膜能更好还原色彩和透光度。

⋀ 镜头镀膜

镜头镀膜的类型和作用在它的详细说明中都会列举到。我们可以通过肉眼观察来判断镜头是否有镀膜。今天，事实上多层镀膜给所有的相机镜头都带来了好处。没有经过镀膜的镜头就好像窗户或是喝水的杯子那样会呈现白色的反光。单层镀膜的镜头从玻璃上可以看到蓝色和琥珀色反光。而如今经过多层镀膜的镜头则是绿色和红紫色。

镜　身

镜身是一个金属或塑料的筒，里面安装了镜片和一些机械装置。镜身还包括了承载镜片的底盘和外表涂层。镜身的金属接口、纹路和旋转的行程感都对镜头的表现至关重要，机械制造加工使得它们有着精确的公差。镜头接口由黄铜、铝或者塑料制成。大多数的金属镜身部件都以印模压铸并经机械加工而成。金属接口显然更加耐用，不易磨损，也可以更精确地进行机械加工。塑料接口的成本要低一些，还能够减轻重量。如果镜身使用了工程塑料，那么一般都采用高效精准的注模方法制造而成。镜身的内部也需要镀膜处理，我们称之为静电植绒，一可以起到保护作用，二还能防止反射和光斑。

镜头装配

镜头的其它部分，像光圈（参见50页），自动对焦模块（参见48-49页），和影像稳定模块（适用于防抖镜头），都是按照组件来生产的。通常情况下，光圈被固定到位后，镜头的卡口连接在镜身末端。自动对焦系统和镜片都安装后，镜头就被密封。组装完成后，还要对镜头进行调校，然后严格地检查。它必须要达到光学解像力，机械功能，和自动对焦反应的设计标准。质量控制和压力测试在每一个生产步骤都不可缺少，使用那些精密的设备用来测量镜片和部件。一些测量装置能够检测出镜头表面或镜头中心小于0.0001毫米的偏差。

关于镜片

球面镜

大多数镜片都是球面镜。球面镜的两个面与镜头光轴垂直，每个面或是凸的，或是凹的，或是平的。汇聚在镜头中心的光线就是镜头光轴。镜头光轴通常应穿过球面中心，但由于生产过程需要切割或研磨成不同的形状和尺寸，镜头光轴会偏离球面中心，造成球面像差。球面像差是一种镜头缺陷引起的焦点模糊现象，光轴偏离镜头中心越远，模糊程度就越重。

非球面镜

非球面镜就是为了校正球面像差而开发出来的，作用就是通过修改镜片表面的曲率，让近轴光线与远轴光线所形成的焦点位置重合。制造非球面镜片的方法主要有三种：第一种是研磨非球面镜。就是直接用光学玻璃毛坯研磨出所需要的形状的非球面镜，工艺难度很大，成本也十分高昂，最早的非球面镜几乎都是这样制作的。第二种是模压非球面镜片：采用金属铸模技术将融化的光学玻璃／光学树脂直接压制而成，这种制造工艺成本相对较低，而且现在大部分模压非球面镜的材质都是光学树脂，玻璃的极为少见，因为光学玻璃是不太适合用铸模工艺来生产的材料，铸模工艺会导致玻璃中的气泡很难排除。第三种是复合非球面镜片：在研磨成球面的玻璃镜片表面上覆盖一层特殊的光学树脂，然后将光学树脂部分研磨成非球面。这种制造工艺的成本介于上述两种工艺之间，是中高档镜头所用的非球面镜的主要制作方法。

影像稳定技术

　　镜头的影像稳定系统用来增加画面的稳定性，也因此尽可能减少或消除了相机抖动造成的影响。防抖技术的目的是抵消掉震动，而这种震动有可能导致图像清晰度下降。并不是所有的镜头都配备了影像稳定系统，它制造成本高，价格也因此要贵一些。不过，如果你经常手持拍摄，使用带有防抖技术的镜头还是必要的。这让你在降低3-4挡快门速度时也能成功地拍摄。

　　震动会导致曝光时镜头的晃动，造成影像模糊。应用了防抖技术的镜头可以在镜头抖动的时候，以相反的方向相应地改变某一个镜片的角度。这样保持了影像传感器上光线的位置不变，消除或减少了震动的影响。这项技术得以实现依靠了内置微型运动传感器，或者是陀螺仪。它们能够侦测到镜头的运动，将数据反馈给高速微型处理器，处理器把侦测信号转化为驱动信号。为了能够改变镜头通光路径以提供更高的锐度，小型电机或马达会驱动镜片做相应的变化。

　　对于防抖技术的标识，各个厂商都不大一样。比如，IS（佳能）、VR（尼康）、OS（适马），还有VC（腾龙）。虽然每个制造商在镜头中搭载的影像稳定系统都不相同，但每个厂商都宣称，它们的系统是最有效的，这些设计的原理都大体相同。

　　有些厂商没有在镜头中而是在机身中安装了减震装置，工作原理和上述的类似，为了保持影像稳定，它们设计了另一种解决方案，让影像传感器做相应的偏移。机身防抖的优势显而易见，所有搭配的普通镜头都具备了影像稳定的功效，省去了昂贵的费用。宾得、奥林巴斯、三星和索尼都更加推崇这种减震技术。虽说光学防抖技术并不能在稳定性和精确度上替代三脚架，但这种设计却是一场巨大的进步。在无法使用三脚架时，防抖技术就格外有用，比如近距离拍摄野生动物时。同样，在光线很暗时，或者使用长焦镜头来拍摄也很有利。比如说在室内、傍晚或者在阴天的时候。另外在那些禁止

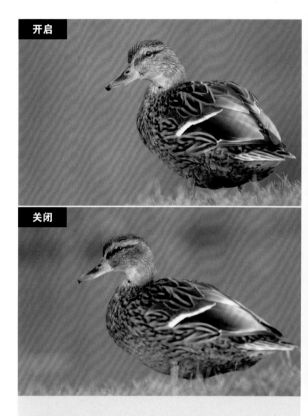

开启

关闭

⌄ 减　震

　　很多情况下，防抖技术可以决定成功和失败。比如在这种情况下，我无法使用80-400mm镜头在阴天里靠身体保持足够的稳定。我开启了防抖开关，于是得到了清晰的影像。

尼康D200机身，80-400毫米镜头（位于400毫米焦段），ISO200，曝光时间1/100秒，光圈值f/5.6，手持拍摄

使用闪光灯和三脚架的场合，如博物馆和音乐会大厅拍摄时，防抖技术也是非常必要的。

毫无疑问，防抖技术是镜头中一个特别突出的功能，在许多拍摄场景都能提供便利。未来，防抖很可能成为一种标准配置，不过同时也需要花费额外的金钱去购买这些镜头，尤其是长焦镜头。多亏了防抖技术，让我们在很多根本无法拍摄的情况下依然得到了清晰的图像。不过一定要记得使用防抖镜头并不意味着可以抛弃三脚架。三脚架对于稳定和构图还是很重要的辅助。

相机震动

相机震动是一个常见问题，当快门速度不够消除摄影师的自然晃动时就会发生机震。结果是导致影像模糊不清，令拍摄失败。使用的镜头焦距越长或者放大倍率越高，这种现象就会越严重。使用支撑物，如独脚架、豆袋，最好的是三脚架，是减少震动最有效的方法。可这并非总是可行的。

在只能手持拍摄的情况下，一个基本原则是总是使用相当于镜头焦距的快门速度。比如，如果你使用的是一只70-300毫米变焦镜头的300mm端拍摄，那么最低快门速度也要用到1/300秒。要想用更快的速度来拍摄，可以把光圈开大，或者增加ISO感光度。但这样分别会缩短景深和产生更多的噪点。如果你的镜头具备影像稳定功能，那么使用它可以让你最多比正常减慢4挡快门速度依然获得清晰锐利的影像。

我们还可以通过支撑相机的方式来限制震动的影响。比如，跪着要比站着更稳定。将肘部靠在胸前，使相机牢牢地贴在脸上。两只手握持着相机，平缓地按下快门按钮。

< 防抖镜头

每个品牌都给防抖技术起了不同的名字。实际上，它们的工作原理和设计都大体类似。尼康的防抖镜头叫做VR，可以让你最多比正常减慢3-4挡快门速度依然获得清晰锐利的影像。这在使用长焦镜头、光照有限的场景拍摄时尤其有用处。

对焦技术

任何摄影的初学者或者是爱好摄影不超过15年的发烧友都会觉得自动对焦是一个很稀奇的东西。不像上世纪80年代刚刚发明时那样，现代的自动对焦镜头快速、宁静、准确、可靠。自动对焦传感器甚至能够追踪动体。传感器和电路板位于相机内部，相机为镜头的内置马达供电以及传输信号，马达再驱动对焦。自动对焦技术有不同的类型。这里我们来讲解其中的几种。

数码单反相机的自动对焦系统依靠一个或几个传感器来确定正确的对焦点，今天大多数的相机都在整个画面中构架了一个传感器的阵列。通过镜头式（TTL）光学自动对焦系统的速度和准确性都令人难以置信。当对动体进行拍摄时，这项技术可以决定成功或是失败。大多数数码单反相机都有一个自动对焦模式转换键，可以根据需要的情况来选择对焦模式。通常，相机都被设计有跟踪（伺服）模式，它可以侦测到被摄体向前或向后的移动，包括移动的速度和加速度，这样能始终保持对焦点在被摄体上。自动对焦传感器收集了这些数据，然后控制电动机械系统来调整镜头的焦距。大多数成熟的相机利用了一种被动式自动对焦系统。

被动式自动对焦系统通过对镜头产生的影像进行分析来实现正确的对焦。并不像主动式自动对焦那样，虽然也有AF辅助红外照明装置来进行被动式测算，但它们不使用超声波和红外光波。被动式自动对焦通常通过相位侦测系统或者通过反差测算来完成对焦。

相位侦测

相位侦测是数码单反相机中最为常用的自动对焦系统。光线进入镜头后分成几个部分在传感器等效平面上的两组传感器上成像。在相机反光镜中有一片半透明区域，光线透过这片区域后被安装在反光镜后面的第二块反光镜反射至自动对焦传感器。取景器中的五棱镜同样也会将捕捉到的画面传递给自动对焦传感

器。如果焦点对准，在左右相对的同一位置上，能得到相同的图像；如果焦点偏离等效平面，只要测出这个偏移量，就能检测出焦点的偏离状态，接下来驱动镜头校正偏移来完成准确的对焦。早先的自动对焦传感器只能识别一维的平面，而现在很多先进的单反相机都配备了二维直角侦测模式。十字型对焦点上涵盖了两个互成90度的对焦传感器。有些高精准度对焦的数码单反相机还额外安装了一套棱镜和传感器。

反差测算

简单来说，反差测算就是由自动对焦传感器来测算实际拍摄到的画面中的元素反差。相机的微处理器分辨相邻像素之间的亮度差。如果对焦不实，那么亮度差就很小。我们用眼睛观察图像，当对焦不准的时候，画面模糊不清，找不到清晰的边缘。而对焦准确时，对比度就明显增强。现在的自动化技术完全能模拟人的这一功能。当需要对焦的时候，只要让镜头来回运动，计算系统就可以根据被测物体的对比度来找到对焦最佳的位置，来完成正确的对焦。

采用这个原理，我们还可以很容易实现多点对焦、人脸识别等智能对焦方法。

这个方法眼下主要不足之处，是要动用主传感器来对焦，尤其是在低照明度的情况下，对焦的速度要低于相位侦测系统。一些数码单反相机在实时取景模式中使用反差测算方式来对焦。

∧ 自动对焦技术

通常，数码单反相机使用被动式自动对焦系统来完成对焦。这是通过分析相机看到的图像来实现对焦的方式。很多被动式自动对焦装置依靠反差侦测系统来测算对焦点。

尼康D200机身，200毫米镜头，ISO100，曝光时间1/1000秒，光圈值f/5，三脚架

∨ 动体拍摄

要想手动来实现对动体的跟踪对焦可不容易。在拍摄快速运动物体时，自动对焦的速度和可靠性决定了成败。

尼康D200机身，100–300毫米镜头（位于300毫米焦段），ISO400，曝光时间1/400秒，光圈值f/5.6，手持拍摄

自动对焦锁定

在默认状态下，相机会假定你拍摄的主体位于画面的中心。因此，当你想要拍摄的东西不在中心点时，你就需要相应地调整自动对焦点或是锁定对焦。锁定对焦通常有快捷的方式，非常简单。在有的AF模式下，完成对主体自动对焦后，半按住快门释放钮就锁定了对焦点。很多数码单反相机都有专用的自动对焦锁定键。先对主体对焦，然后按住锁定键效果是一样的。这使得你在不需要重新对焦的情况下可以重新来构图。但是这时候不能改变相机与被摄体的距离，否则，就必须重新对焦。

光学质量和像差

当摄影师说一只镜头的光学质量比另一只好的时候，那他是什么意思呢？和任何产品一样，由于制造工艺和材料的不同，镜头的质量也有优劣之分。我们常听说，一分价钱一分货。价格越便宜的镜头，生产设计上"缩水"的成分也越大。也就越容易出现缺陷。

虽然说大多数数码单反套装里的镜头成像都还不错，但如果你仔细去观察它们的成像，就会发现不少失常现象，比如锐度不高、反差过低、色散问题、畸变等等。我们来看看一些常见的镜头缺点和像差。受拍摄对象题材的影响，有些镜头的工艺不像其它镜头那样令人反感，而另一些镜头拍摄的结果可以在后期处理中得到纠正。

什么是像差

现代镜头的成像质量已经非常好了，可并不表示它们是完美的。总是或多或少会有些问题存在，比如说畸变或像差。这些问题会导致被摄体的影像无法真实还原。当通过镜头的光线没有汇聚到一个点上时，就会产生像差。只有精心的设计加上镜头的校正，才能确保像差最小化。不同影像图像质量的像差有如下几种。

桶形畸变

桶形畸变，或者叫做曲线型畸变，画面边缘的平行线呈现出向外的弯曲状，就好像木桶的形状。这种现象通常发生于使用广角镜头的最短焦距时，镜头的位置导致了影像看起来是弯曲的。当直线位于画面边缘的时候，原本是直线的物体边缘却出现了弯曲。有些镜头更容易出现这种效果，这些镜头的焦距和结构导致了这种现象。

并不是所有的桶形畸变都是不良的，距离被摄体远一些或者拉近焦距都可以消除这种效果。

> **桶形畸变**
> 这幅插图模拟了镜头桶形畸变的效果。

枕形畸变

枕形畸变和桶形畸变正好相反。它是让影像的中心显得缩进的一种失真。没有通过影像中心的线看起来都向内弯曲。老式的低档远摄镜头或者远摄变焦镜头的长焦端往往会出现这种失真。大变焦比的镜头在它的最短焦距端更容易出现桶形畸变，之后随着焦距的变化，在最长焦距端则出现枕形畸变。这不像其它的镜头失真，缩小光圈并不会减少这种效果的发生。实际上，我们几乎不会注意到这种畸变，它也不会影响影像质量。但是，当拍摄建筑、地平线或其它带有直线的被摄体时，桶形畸变和枕形畸变都清晰可见。好在用图片编辑软件可以相对容易地校正这两种失真。

> 枕形畸变

这个图示模拟了有枕形畸变的镜头拍摄的画面效果。

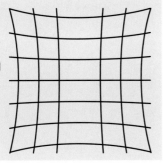

色　差

色差，也被称为色散，是一种常见的镜头缺陷。镜头无法准确地汇聚不同波长的光线到同一个焦平面上就产生了色差。不同波长的焦距也不相同，或者说镜头的放大倍率不同，波长就不同。结果是，像绿色或粉色等明亮色彩就会沿着景物的边缘形成图像中分离深色光线和浅色光线的光晕。很多廉价镜头通常会出现色差。我们不会非常直观地看到色差，图像放大越大，色差才会越明显。明显的色差有两种类型：纵向色差和横向色差。色差的程度取决于镜片玻璃的色散程度。在镜头中使用消色差镜片能最小化色差现象。

更多有关色差的内容，以及如何在后期纠正色差，参见142页。

∧ 色　差

色差是一种常见的镜头缺陷，尤其是廉价镜头。正常情况下，色差不会非常明显，不过图像放得越大，色差就越清晰。你可以看到，在图片中被放大的部分是达特慕尔一个花岗岩十字架的局部。在142页中会谈到如何来减少色差的问题。

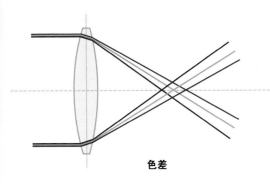

色差

< 色差

这种常见的镜头缺陷是由于镜头无法准确地汇聚不同的光波到同一个焦平面的结果。

球　差

　　球面镜头光轴上的点发出的光束，并没有相交于同一点，于是产生了球差。球形表面的镜片相对来说容易制造，但是由于形状不够完美，就会导致影像的清晰度不够。

　　球差导致了镜片边缘平行于光轴的光线和靠近光轴的光线汇聚点不在同一位置。即便其它镜片可以尽量矫正球差，但成像依然不够理想，直接影响图像的清晰度。那些趋于完美的非球形表面镜头被称为非球面镜。非球面镜在过去非常昂贵，好在技术的进步已经大大地降低了它们的制造成本。

彗　差

　　彗形像差，简称彗差。光轴外的某一个点光源，比如星星，通过镜头后结成拖着明亮尾巴的彗星形光斑，我们把这种成像误差称为彗差。这说明镜头在影像的中心和边缘产生了不同的放大倍率。和球差的产生原理相似，也是由于镜片边缘平行于光轴的光线和靠近光轴的光线汇聚点不在同一位置导致的。

镜头衍射

　　虽然衍射是一个和镜头有关的问题，它对影像质量有影响。但衍射实际上和光学质量无关。衍射会导致画面整体上不够清晰锐利。当我们缩小镜头光圈

⌃ 衍射

　　对比上面两幅图片的放大部分。第一张图片拍摄时光圈值为f/22，第二张为f/11。你可能会认为使用小光圈（f/22）拍摄的图片要更加清晰。而实际情况是，使用f/11光圈值拍摄的锐度更高。这是因为，在非全幅数码相机上，这个光圈值达到了"衍射极限"。

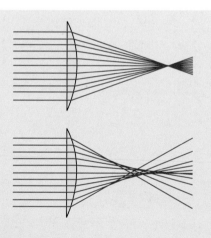

⌃ 球　差

　　完美的镜头（上图）会将所有进入镜头的光线汇聚到光轴的一个点上。而球面镜头（下图）则出现球面差的问题。距离光轴较远的光线要比距离光轴近一些的光线汇聚角度更小，因此无法结成良好的对焦点。

焦外成像（Boken）

　　"焦外成像"这个词来自日语，意思是模糊。在摄影术语中表示浅景深时那些焦点以外的区域，也就是焦外成像。散焦的背景被用来减少衍射和突出主体，焦外成像的质量能制造出不同的美学效果。对于微距镜头和远摄镜头，焦外成像的好坏尤其重要。因为这些镜头通常都是用大光圈来拍摄。

　　Bokeh，读音为boke-uh。其实，焦外成像很难用单位衡量，这是一个很主观的概念。有的镜头焦外成像非常漂亮，于是也提高了整体的影像质量。镜头光圈的形状是影响焦外成像的最重要因素。在焦外区域，每一个光点都变成了光圈缩小后的形状。大体上来说，光圈越圆，焦外成像越好看。边缘很硬朗的焦外成像通常都不被接受。因此，有些镜头的光圈叶片边缘呈弧形就是为了让光圈整体上更接近圆形，而不是多边形。增加光圈叶片的数量也可以实现相同的效果。如果你想要评定一只镜头的焦外成像，可以在背景中找到有光点的地方，最好是找些远距离的光点或者是树叶上的闪光。如果这些光点彼此融合得很漂亮，那就是好的焦外成像。如果呈现很小的完整圆形，说明焦外成像一般。如果它们它们是不规则的或者圆环形状，这通常被评定为糟糕的焦外。

　　用折反镜头（参见116页）拍摄出来的焦外光点就是圆环形。这是因为它里面的第二块反光镜阻挡了光圈中心部分。

尼康D300机身，150毫米镜头，ISO100，曝光时间1/300秒，光圈值f/4，三脚架

时，通过镜头光孔的光线往往会出现衍射效果，或者简单点说，就是扩散效果。原因是镜头的光圈叶片会让通过的光线扩散。光圈越小，这种扩散效果越明显。结果是，即使景深范围增加了，但图像的清晰度却在下降。这让摄影者会很矛盾，尤其是拍摄风光的时候。比如，我们都知道，想要前景到无限远都位于景深范围之内，就必须要缩小光圈。问题是，为了实现最大景深而使用f/22或f/32这样的小光圈的同时，也会扩大衍射的影响。用最小光圈拍摄，得到了大景深的效果，却未必能抵消衍射程度的增大。因此在一般性摄影的时候，必须要做出一个折中。对于APS型单反相机来说，f/11被认为是不受衍射影响的最小光圈值。如果是全画幅数码单反相机，这个数值应该为f/16。你选择的光圈值是由你所拍摄的景物、被摄体或是你想要实现的效果决定的，上述的内容将会是一个有益的指南，来帮助你实现最好的影像质量。

◀ 焦外成像

　　焦外成像描述的是一种外在的感觉，它并不是说焦点以外的东西有多远，而是一种模糊的特征。

镜头的兼容性

正如以前提到的那样，每个相机制造商生产的镜头卡口都不一样。换句话说，数码单反镜头并不通用。它们只兼容那些同样接口的相机。比如，尼康的F卡口只能兼容尼康的数码单反相机；而佳能数码相机使用的则是EF卡口。同样，宾得的K型卡口和索尼的α卡口也只兼容它们自己的镜头。

虽然有些制造商也共享了镜头卡口，比如富士数码单反相机可以兼容使用尼康的F卡口，三星和宾得使用相同的卡口，只有4/3系统的镜头能够和其它厂商的4/3系统数码单反通用。然而，这里我们所说的镜头兼容性并不只是有关卡口的通用。很多现代镜头都是为数码相机专门设计的。所以它们并不和老式的胶片相机完全兼容，有些镜头只能在APS型数码单反相机上使用。下面我们来看看兼容性问题。

数码专用镜头

数码传感器记录光线的方式和胶片不同。在胶片摄影中，光线通过镜头被精确地记录，和入射的

▼ 兼容性

买镜头前，要检查是否兼容。比如，有些镜头是专门为APS画幅设计的，并不适用于全画幅相机。你的相机生产商提供了大量兼容镜头，不过也别忽略第三方厂商的产品。它们有各种卡口供我们选择。

角度无关。但数码相机上使用的影像传感器是块按照一定间距布满了光电二极管的芯片。光电二极管位于凹陷处，这意味着只有直射光线才能让芯片有效地感光。那么，如果你使用的是一只老式的，不是专门为数码单反相机设计的镜头，影像传感器的外围可能光照不足，会降低图像质量。镜头的视角越广，效果就会越糟糕。为了矫正这种效果，最新型的镜头专门设计用来针对数码单反相机。通常都是远心设计，这种设计可以确保光线尽可能成90度角进入影像传感器，提高影像质量。

APS型数码单反镜头

大多数消费级数码单反相机的影像传感器面积都小于传统的135相机画幅。镜头总是能够投射出圆形的影像。135画幅镜头在APS型数码单反相机上投射出的影像将比在全画幅相机上剪切更多，因为前者只能有效地使用镜头的中心部分，也有效地增加了镜头的焦距。我们不希望在广角镜头上出现这种效果，因为它需要乘以1.5或1.6的倍率，这样改变了原有镜头的焦距特征。生产商已经制造了一系列

APS型数码单反相机专用的镜头。一些超广角镜头做到了10毫米（等效于135画幅的15-16毫米）。这些镜头的成像圈正好匹配APS型相机的影像传感器面积。它们经过专门的设计，让消费级数码单反相机更好发挥自己的特性。这些镜头体型小巧，也更轻便，当然是好事。厂商也为这些匹配小面积影像传感器的数码专用镜头起了新的名字。比如，EF-S（佳能），DX（尼康），DC（适马），Di-II（腾龙）。但这些镜头并不完全和全画幅相机兼容。由于成像圈比135画幅的镜头要小，所以在全画幅相机上使用APS型镜头的广角端会出现部分遮挡（参见69页）。

镜头小贴士

　　只有尼康的F卡口和宾得的K型卡口，还有徕卡的旁轴M卡口能够兼容不同时代的相机。比如，这些镜头在机械单反相机、全自动单反相机和现在的数码单反相机上都可以兼容。

▼ 兼容性

　　今天数码单反镜头是专为数码摄影而设计的。这幅广角人像使用了腾龙18-270毫米超大变焦比镜头，可以达到15倍的变焦能力。它是腾龙Di-II系列数码镜头，只能兼容APS-C型数码单反相机。

尼康D300机身，18-270毫米镜头（位于21毫米焦段），ISO200，曝光时间1/250秒，光圈值f/8，偏振镜，手持拍摄

69页）。在尼康的全画幅相机上使用这类镜头则需要转换相机为APS模式。佳能的EF-S镜头却不能兼容全画幅相机。EF-S这里的S代表短后焦点，这类镜头的后组镜片到相机影像传感器的距离比正常的EF镜头要近些，在广角端时后组镜片会更靠近焦平面，安装在全画幅相机上可能导致反光镜损坏。

　　总结：传统的135画幅兼容镜头都可以在APS型相机上使用，专为APS相机设计的镜头却不能完全兼容，或者说只能部分兼容全画幅相机。

现代镜头术语和缩写

仔细地观察镜头，你会在上面发现有各种不同的字母缩写。这都是什么意思呢?

一般来说，它们或者表示镜头的设计类型、光学素质，或者表示在镜头制造过程中使用的技术。这些新技术都是用来帮助镜头完成更佳表现的。同样的技术而各种品牌的镜头却用了不同缩写，这是多么让人感到混淆的事! 下面是一些常见镜头上的缩写，我们做一些简要的介绍。当然，这并不是一个完整的列表。这些介绍应该能在你下次以看到镜头标识的时候少一些困惑。

APO

APO是英文apochromat或者apochromatic的缩写，意思是复消色差。APO镜头要比普通消色差镜头具备更好的色彩还原能力。色差 (参见59页) 是一种常见的镜头缺陷，镜头无法将不同波长的光线准确地汇聚到同一个焦平面上就产生了色差，色差导致图像高反差的边缘色彩出现散射现象。消色差镜头可以矫正两种波长的光线 (红和蓝) 汇集到同一个焦平面。而复消色差镜头可以矫正其中三种波长 (红、绿和蓝) 的光线。同时，在矫正球差方面，复消色差镜头也比消色差镜头出色。后者只能矫正一种波长的光线，前者则可以矫正两种。

ASP, ASL或ASPH

非球面镜的缩写。非球面镜被用来减少球差 (参见60页)。非球面镜头分为两种类型:第一种是模压非球面镜片，采用金属铸模技术将熔化的光学玻璃/光学树脂直接压制而成，这种制造工艺成本相对较低，而且现在大部分模压非球面镜的材质都是光学树脂，玻璃的极为少见。第二种是研磨非球面镜，就是直接用光学玻璃毛坯研磨出所需要形状的非球面镜，工艺难度很大，成本也十分高昂，最早的非球面镜几乎都是这样制作的。

DO

DO，衍射光学元件。这是佳能公司独有的技术，能够通过衍射让更多的光源直接用于成像而尽可能少产生多余衍射光源。简单地说，能够大大降低眩光和鬼影等杂光的干扰，提升逆光环境中的成像质量。衍射镜片几乎是平的，上面刻有精细的凹槽。它们利用了光的衍射原理而不是折射原理。DO镜片的好处是可以防止色散。它们也比一般的超低色散玻璃或者萤石镜头更轻。因此缩减了镜头长度，减少了长焦距镜头的重量。

ED, LD 和UD

这三个字母缩写都表示超低色散玻璃。超低色散玻璃是一种能够降低色散的高质量镜片。ED镜片是尼康的一种创新镜片，可减少色差，并可确保各类波长的光线实际对焦于同一点。因此会产生明暗对比强烈但几乎没有颜色失真的影像。

一般来说，超低色散玻璃可以解决其它类型高性能镜片易碎和易刮花的问题，因此可以用于镜头最前端和最后端。即使在最大光圈下拍摄，超低色散玻璃也可以提供极好的锐度和反差。

HSM, SDM, SSM, SWD, USM和 XSM

这些缩写代表了自动对焦镜头马达是由超声波驱动的,特点是安静、快速。超声波马达控制了镜头的运动和对焦环。和普通马达相比,超声波马达非常安静,几乎听不到声音,同时带动对焦镜片或对焦环的速度极快。使用数码单反相机的自动对焦功能时,超声波马达能始终保持镜头的对焦点在非常精准的位置。佳能首创了超声波对焦技术,其它的制造商也有它们自己的版本,比如HSM和SWM。

IF

IF表示内对焦。IF镜头的内组镜片来回移动完成对焦,而大部分镜头都是前组镜片移动。在使用像滤镜、滤镜支架和花瓣形遮光罩这类摄影附件时,内对焦镜头更方便。另外在近距离拍摄野生动物时,由于内对焦镜头对焦声音较小,也不易打扰那些胆小的被摄体。

IS, OS, VC和VR

这些缩写表示影像稳定技术(参见54页)。不同的制造商对影像稳定技术的称呼也不一样。佳能的叫IS,适马的是OS,尼康的叫VR,腾龙的是VC。使用了防抖技术的镜头内置了一套机械装置来补偿相机的震动。手持相机时,防抖技术通过较少相机的抖动提高了拍摄成功率。

RF

后组对焦。从本质上说,后组对焦和内组对焦是一样的。只是对焦时,移动的是后组镜片。同样,对焦宁静、速度快也是后组对焦的优势。还有,长焦距镜头中,往往后组镜片小于前组镜片,所以移动后组镜片的速度更快。这对自动对焦远摄镜头尤其重要。对焦时,镜身长度不会发生改变。

∧ 镜头缩写

仔细观察镜头,会发现上面印有很多字母缩写,这表示的是镜头的光学质量和技术。如果不熟悉这些内容,你会觉得很困惑。比如说适马150毫米微距镜头上面印有APO, HSM, IF。参考本章节的解释,你就完全明白这些缩写代表的含义。

第**3**章　**镜头类型：广角镜头**

◀ 广角镜头是最有用的镜头之一。它们拉伸了透视，创造出空间和深度的感觉。相同光圈下，广角镜头的景深更大，很容易拍摄出不错的前后锐度。通常在拍摄大视野范围或风景时都选择广角镜头，在建筑摄影中广角镜头也必不可少，而且它也非常适合环境人像。

广角镜头：实用的选择

广角是最常见也是最有用的镜头类型之一。相机包中一般都不能缺少了它。广角镜头独一无二的特点是能够很好地适用于几乎任何被摄体。任何35毫米以下的焦距统称为广角。有了高科技辅助设计，广角镜头可以做到更广的范围。24毫米在20年前已经被认为是非常广的视角了，而今天，18毫米甚至更广的镜头越来越常见，摄影者可以拍摄出冲击力很强的宽视角图片。

有了非球面镜和浮动镜片结构，广角镜头的光学素质进一步提高。今天，我们在市面上可以买到各种焦段的广角镜头，无论是定焦还是变焦。而且成像质量也是几十年前不可想象的。但是，镜头焦距越短，随之带来的问题也会越多，比如变形、眩光和暗角。

画面边角的物体看起来呈现出拉伸的样子。当三维立体的东西被表现在一个平面上时就导致了这种现象的发生。画面中心的物体还原基本真实，而画面外围的物体则被成椭圆形拉长。画面角落中的物体这种效果是最明显的。

失　真

广角镜头拍摄的画面变形是不可避免的。广角会扭曲透视，让较近的被摄体看起来更大，远一些的则更小。这种失真是广角镜头的特点，运用得好则会制造出动感的画面效果。

垂直线用广角镜头拍摄会形成汇聚的透视效果。比如建筑物的侧边会向内倾斜。这是视点的问题，而不是镜头。如果有这种夸张效果出现，需要向上或是向下调整相机的角度。虽然说变形会让被摄体看起来不成比例，但有时也制造出一种引人注意或超常的效果。因此当我们需要这样做的时候，就没必要纠正这种变形。若我们想要降低变形效果到最小程度，应该始终保持相机的焦平面和被摄体处于平行状态，或者使用移轴镜头（参见114页）来拍摄。另外，处于远一些的距离，然后换长一些焦距的镜头也是可行的办法。如果上述方式都不可用，我们还可以通过后期编辑来处理（参见146页）。几何失真（或者叫边角失真）也是在使用广角镜头时常见的问题，在

∧ 垂直汇聚

随着镜头角度的上下变化，会夸张垂直汇聚效果。平行线显得向一边倾斜。

尼康D300机身，10-24毫米镜头（位于10毫米焦段），ISO200，曝光时间1/300秒，光圈值f/11，偏振镜，手持拍摄

◀ 暗角

这幅照片使用10-24毫米镜头拍摄。我使用偏振镜提高了蓝天的饱和度，但偏振镜接环的厚度阻挡了进入画面四角的光线，造成了暗角这种常见问题。

尼康D300机身，10-24毫米镜头（位于10毫米焦段），ISO200，曝光时间1/60秒，光圈值f/14，偏振镜，三脚架

明显。缩小光圈2-3挡就可以消除这种现象。很多数码单反相机的取景器视野并没有100%覆盖，因此构图的时候很可能注意不到暗角的存在。你可以回放图片然后放大四角来观察是否光线变暗。

暗角也可以通过后期处理来校正（参见138页）。

眩　光

眩光是由于非成像光线到达传感器而产生的，最常见的情况是以常见角度拍摄直射光源，如太阳。产生的原因是：光线没有按照预期的路径行进，而是在最终到达传感器前，在内部镜片之间来回反射。它可以以多种形式出现，但最典型的是明亮的穗状多边形，也有的是反差较弱的明亮条纹。虽然镜头眩光可以被创造性地利用，但通常都不希望发生，会毁掉一张照片。镜头遮光罩（参见120页）用来避免眩光，但是由于广角镜头宽广的视野，使用遮光罩有时并不现实，因为这样很容易产生暗角。虽然现代镜头内部涂布也起到防止眩光的作用，但通常来说，最好的——或者说唯一的——消除眩光的方法就是改变拍摄姿势。

暗　角

影像边缘出现亮度下降叫做暗角，通常不是故意想要，也是不希望有的。由于广角镜头覆盖的视野很大，就比其它类型的镜头更容易出现暗角。如果在镜头前安装遮光罩，滤镜支架或旋入式滤镜，暗角就更有可能发生。遮光罩有时会遮挡了画面四角的光线，解决暗角的方法是移除这些附件，或者使用专为广角镜头设计的超薄滤镜。即使没有这些附件的遮挡，暗角还是可能会发生，尤其是使用超广角镜头时。光学暗角的出现是由于后组镜片被它前面的镜片所遮挡。因为它减少了离轴入射光的有效镜头孔径，结果导致取景框边缘光线密度的减少，光圈开得很大的时候更

镜头小贴士

使用广角镜头时，相机内置闪光灯可能不能覆盖到整个画面。可以在闪光灯前面安装一个柔光片或广角镜头适配器。

广角镜头：构图

　　构图是一门排列的艺术，就像光线一样，构图也会对照片给人的印象产生很大影响。所谓构图包括画面中被摄体的位置、拍摄时的高度和角度等要素。这些要素融合在一起就形成了构图。在很大的程度上，构图决定着构思的实现，决定着作品的成败。

　　富于思想性的构图会传递一种情绪；要知道有些人可能更具备天赋，而有些人想要实现他们期望的结果需要加倍的努力。拍的越多，对构图的理解越深。

　　无论使用何种焦距的镜头，都需要良好的构图。但使用广角镜头时，对构图的要求可能更严格。由于它们涵盖的视野很大，很多元素都会出现在画面中。因此，你需要精心地选择拍摄的视角，按一定的逻辑性和令人愉悦的审美方式去排列各个元素。

　　宽视角能创造出极富动态的构图效果，能比长焦镜头表现更大的深度。这是由于它们对透视感的夸张，让近距离物体看起来更突出，把远距离物体推得更远。我们可以很好地利用这种广角构图效果。如果将尽头接近前景中的物体，那么夸张感会更强烈。利用它们广视角和大景深的特点，很容易拍摄出整个画面都清晰锐利的影像，从几厘米开始一直到无限远。当然这需要使用小光圈，并且对焦在超焦距上（参见28页）。

　　利用广角镜头的特点去夸大前景物体这种拍摄方式可以用在各种场景中，比如，室内环境人像，甚至是体育和野生动物的拍摄。但这最适合风光摄影，让前景更显著，吸引人的眼球。

▶ 简化你的构图

　　广角镜头很适合拍摄大范围的景色和广阔的风光。但这样可能会导致过多的元素充斥在画面里。这时，不要贪心，简化你的构图——让关键元素按照合理的、看起来舒服的次序出现画面中。这里，我用广角镜头选择了较低的视角，着重表现右下角的岩石。从这个点开始，你的目光很自然地移到下一块岩石，然后继续往上，最后是背景中的海崖和绚丽的天空。

尼康D300机身，10-20毫米镜头（位于11毫米焦段），ISO100，曝光时间15秒，光圈值f/20，偏振镜，中灰渐变镜，三脚架

∧ 三分法

按照三分法构图法则，你应该将构图的重点放在黄金分割线的相交点附近。在这个图示中，以地平线作为分界，天空占了三分之一，前景占了三分之二。再者，前景中的稻草堆也大概占画面的三分之一。这样处理要比把最近的稻草堆放在画面中心看起来平衡得多。

尼康D300机身，12-24毫米镜头（位于12毫米焦段），ISO100，曝光时间1秒秒，光圈值f/18，中灰滤镜，三脚架

好的摄影构图中，所有的元素都和谐共存。当用广角镜头拍摄广阔的风光时，构图可以分为三个部分：前景、中间部分和背景。每个部分都应该有吸引人注意力的地方。前景的兴趣点可以是任何元素——岩石，倒影，花朵，步行桥或者小路。中间部分是前景和背景的过渡，背景通常是地平线和天空。按照这种方式来分割影像，确保每一个部分都是其它部分的补充，你的图片就能吸引住观众的眼球，他们会本能地一次又一次从前景过渡到背景。这种宽视角构图方式很有效，用不着特效镜头，你也能拍摄出动感、立体的效果。长焦距镜头由于视野范围很窄，往往都会压缩透视，很难达到这样的效果。

三分法构图

规则是用来打破的，但构图时，三分法是一种很可靠、有效的方法。几个世纪前的绘画者最先提出了这种构图法，直到今天视觉艺术家还在沿用。

想象着利用两条水平线和两条重直线，将整个画面分割成九个相等的部分。有的数码单反相机通过设定，会在取景器中显示出这样的网格来辅助构图。然后将被摄主体或者关键元素置于网格中的相交点附近，这样画面的平衡感更强，让观众的目光自然地穿过画面。

这个规则适用于任何被摄体，通过这种方法，你会创造出更有深度、平衡感和力量的作品，而不是单调地将主体或者地平线安置在画面的中心。

虽然你并不需要总是按照这个规则来构图，但这个方法在大多数情况下都很有效。

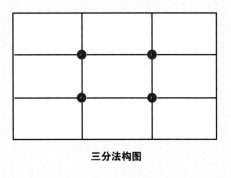

三分法构图

镜头的选择的确对我们构图起到巨大的影响，而无论什么焦距的镜头，都有几种通用的构图规则，最有用的就是三分法（见上面示意图）。

广角摄影：建筑

没有哪种类型的镜头是一种被摄体的专用镜头。为了创造不同的效果，你可以利用任何焦距来拍摄同一场景。不过对于建筑这类覆盖面比较宽的被摄体，短焦距镜头显然更合适。其它类型的镜头显然都无法让你在一张图片中囊括那么多的元素，也无法让你在如此近的距离之内把它的全貌都拍下来。

我们的周围到处都是建筑物，或大或小，或新或旧，或是工业区，或是居民楼。你随时都能拍摄到住宅、办公楼、摩天大厦、教堂等等各式各样的建筑。如果你使用的是APS型数码单反相机，那么12-24毫米焦距的视角范围就很合适。如果是全画幅的话，最好使用焦距不超过35毫米的镜头。在很多方面，镜头视角越广越好。超广角镜头在画面范围内涵盖了更多的元素，也可以让你更接近被摄体来拍摄。如果由于有其它建筑的阻挡，你不能走到更远的时候，广角镜头用处就大了。然而，广角镜头也会产生较大的透视变形，比如直线被弯曲等等。使用的镜头焦距越短，或者离被摄体越近，这种变形就越大。想要防止这种问题的发生，你需要保持相机和建筑物平行，当然，有时候很难做到这一点。专业建筑摄影师会使用移轴镜头来解决变形的问题。然而，普通广角镜头的使用者只能二者选一，要么想办法减少这种变形，要么去故意夸大。

让相机距离建筑物更远些是矫正变形最简单的方法，并且尽可能让相机与被摄体保持平行，这样能减少变形。可距离远意味着建筑物在画面中就相应地变小了。如果这不是你想要的效果，那么就要增加镜头的焦距，不过这由你所处的环境决定。这样拍摄，被摄体不会显得过于突出，也增加了画面构图感。把建筑物的周边环境也拍摄进来，这样会表达更多的内容，尤其是拍摄那些老式的或者破旧的建筑。

或者，我们干脆增强这种变形。使用广角镜头，我们能在距离被摄体很近时拍摄，这样做也就夸大了透视变形。选择高点或低点的视点可以创造出意想不到的动感效果，视点越是低或高，变形就越大。由于广角镜头的景深范围很大，使用小一些的光圈时，整个画面都会清晰锐利，表现出惊人的非现实主义甚至是抽象的效果，创造出建筑物倾斜或狭小的错觉。

通常我们在图片中只拍摄建筑的主体和内部，不过也不要忽视一些近景的细节以及其它结构，比如桥梁、塔楼、拱门、雕像、墙壁和纪念碑等等。同时，要记得，这些结构的样貌会随着光线的变化而变化。

镜头小贴士

像Photoshop这类图像编辑软件可以矫正弯曲的直线。打开图片后，选择编辑>转换>透视，拖拽最上面的标记，弯曲的线就被矫正了。

建筑物内部摄影

通常建筑物的内部拍摄空间都很狭窄，使用正常焦距的镜头很难有足够的距离来拍摄。因此，除非你想要很具体的细节，否则选择广角镜头是明智的。

由于广角镜头宽阔的视野范围，会产生距离和空间的错觉，给人感觉建筑内部空间要比实际的大。另外，拍摄像大教堂这样古老、内部光线很暗的建筑时，广角镜头的大光圈会方便你构图，我们透过明亮的取景器来对焦也准确。拍摄建筑物内部构图一定要小心仔细，透视变化产生的问题会随着镜头焦距的缩短而被夸大。尽量使相机和被摄体保持平行，会减少这种透视畸变。不要上下倾斜，也不要左右摆动。取景器中看到左边线和右边线应尽可能和景物中垂直的线保持平行，比如说门框。但现实中有些情况下，想做到这些基本上是不可能的。那么摄影师所有能做的事情就是尽量降低透视畸变，后期再通过电脑去矫正（参见138页）。

三脚架在室内建筑摄影时很必要。不仅能消除弱光下相机的震动，还能辅助我们更精确地构图。

∧ 教　堂

由于教堂地理位置比较高，我试着尽可能近一些去拍摄，但这样我就必须让相机处于仰视状态，画面中原本垂直的线就向中间汇聚。因此，我决定增加一些拍摄距离。我并没有增加镜头的焦距以使得教堂能占据这个画面。这样教堂和周围的环境就都被拍下来了。整体环境感变得很强。

尼康D300机身，12-24毫米镜头（位于14毫米焦段），ISO200，曝光时间1/4秒，光圈值f/16，偏振镜，三脚架

＞ 垂直线的汇聚

倾斜的角度会创造出引人注目和动感的效果。然而，同样的方法对建筑摄影来说，却有可能是不让人接受的。尤其是使用广角镜头时，更容易出现这种现象。你可以根据自己的喜好来校正这种透视变形或者干脆夸大这种效果。

尼康D300机身，12-24毫米镜头（位于18毫米焦段），ISO200，曝光时间1/100秒，光圈值f/10，偏振镜，手持拍摄

广角摄影：风光

　　风光摄影离不开广角镜头。它们能创造出很有深度和立体感的画面以及宽广高大的感觉。其实广角镜头不仅仅适用于远距离的被摄体，也可以进行近景拍摄，也就是让画面前景中的被摄体处于主要位置。广角镜头有一个其它镜头都没有的特点：它可以强调近景和远景之间的反差，让近景中的被摄体显得更大、更夸张。这是其它镜头都做不到的。

　　广角镜头对于风光摄影来说是必要的工具。虽然，有的时候中长焦镜头也许更适合某些场景，比如说，当我们需要画面中的某一个局部时，可以将它分离出来。但一般来说，广角镜头是最适合拍摄风光的。在我看来，没有哪些其它的镜头拍摄的画面像广角镜头拍摄的那样，令人对大自然油然而生敬畏之心。我们通常都把28-35毫米的镜头当做标准的广角镜头。这个焦距范围来拍摄广阔的风景足够了，而且不会产生太大的透视畸变。在平时拍摄时，它们也能派上用场，可以忠实地还原我们看到的风景。像15-21毫米这样的超广角镜头可以让风光照片更有创造性。你也许觉得20毫米和28毫米焦距的镜头覆盖的范围没有多大差别，在拍摄风光的时候你才会发现，其实它们的视野完全不同。需要注意的是，在超广角镜头变焦范围内，轻微地改变一点焦距就会带来完全不同的画面构图，当然，你在取景器中看到的画面也变化巨大。比起28毫米镜头，超广角镜头能产生更戏剧化的效果，把透视拉伸到了极致。前景中有被摄体时，超广角镜头的特点发挥得更明显。但是如果前景中没有什么引人注目的东西，那么你拍摄到的画面中就可能留有一片很空的区域，缺乏画面立体感。还有，超广角镜头比广角镜头更容易把过多的元素都涵盖在画面中，显得杂乱无章，找不到重点。

　　大景深是风光摄影的要点。在最终影像中，从最近到最远的物体都应该还原地清晰锐利。另外，一定要注意衍射的影响。很多风光摄影师为了获得最大的景深，通常会选择最小的光圈来拍摄，导致整个画面的质量下降。由于超广角镜头的景深已经很大了，不必使用镜头的最小光圈，只需对焦到超焦距上，一样可以保证画面的整体清晰度。

＞ 圣·迈克尔山

　　广角镜头用来拍摄深远广阔的画面，夸大了深度感，非常适合风光摄影。通常，画面中近景被摄体最好被包含在内，这样产生了视觉切入点和画面的深度，引导观看者的目光进入画面。

尼康D300机身，12-24毫米镜头（位于14毫米焦段），ISO100，曝光时间10秒，光圈值f/18，偏振镜，中灰渐变滤镜，三脚架

镜头小贴士

　　保持画面的水平最常见的方法是用水平仪。它可以安装在相机的闪光灯热靴上，配合三脚架来辅助构图，这样能让你在取景器中看到的地平线保持水平。

广角摄影：环境人像

　　拍摄人像的传统惯例是用50~100毫米焦距的镜头。这个焦距范围的镜头拍摄出来的人像具备自然、好看的透视感，而且由于拍摄距离恰到好处，不会近得让模特有压迫感，也不至于远得影响交流沟通。然而，要记住，规则就是用来打破的。用广角镜头拍摄人像会表现出意想不到的戏剧性效果，使人物特征表现得更明显，并且和他周围的环境融为一体。

环境人像

你也许不能马上接受广角镜头拍摄人像表现出的那种夸张的透视。不过，尝试一下，你会发现效果会是惊人的。相比传统的大头照式人像，环境人像不失为一种新的尝试，让摄影师有了更多发挥想象力的机会。将模特融入到一个合适的环境中，他的性格特征或情绪立即就显现出来。拍摄地点可以选在工作场所、家里或者是大街上。模特和周围的环境同样重要，所以要注意保持两者间的平衡。广角镜头非常适合拍摄这样的照片，大景深也能保证模特和环境都在清晰范围之内。

除了专业模特，基本上没有人喜欢被拍摄。人们总是觉得面对着镜头有一种焦虑和压迫感，尤其是当你使用广角镜头近距离拍摄的时候。因此，有必要进行良好友善的交流沟通，模特会感到放松。始终保持谈话的状态，告诉他你在做什么，以及为什么这么做。还有，让模特了解你想要实现的效果。这样也能让他们放松下来，那么你的照片也会看起来更加舒服自然。

广角镜头拍摄这类人像的最明显效果就是透视变形和深度感。由于视角很广，你需要靠近被摄体，从而使他们在整个画面中显得较大。距离越近，模特的脸部特征变形就会越大，尤其是当你处于较高或较低

镜头小贴士

18-24毫米焦距的镜头很适合拍摄环境人像。如果光线允许，手持拍摄创作自由度更高。如果想达到极端怪异的广角人像拍摄效果，你可以考虑使用鱼眼镜头（参见108页）。

视点时。比如，高视点会夸大模特额头和鼻子。画面的景深感也会增强，模特和背景好像完全分开一样。这种变形效果不见得会让模特满意，但这却是使用广角镜头拍摄人像最基本的效果之一。模特的手、脚或者头部相对身体的比例来说，都会看起来变大或变小。这种拍摄方式很新颖，也有种诙谐幽默的效果。

广角镜头开创了人像摄影的全新方式。环境人像摄影的关键点是把模特当做背景中的一个元素。这么做能产生别致、新颖的人像拍摄效果。发挥你的想象力，广角镜头将帮助你创造出令人过目不忘的人像作品。

◁ 违法带来的麻烦

用广角镜头拍摄，能产生夺目的人像效果。本照片通过被摄体周围环境的描绘，更多地表现了被摄主体的情绪和性格特征。

尼康D2X机身，16毫米镜头，ISO100，曝光时间1/60秒，光圈值f/22，三脚架

第**4**章 镜头类型：标准镜头

很不幸，标准镜头在今天被过度地轻视。很多摄影者认为标准镜头的焦距和人眼非常接近，视角也太平常了，毫无新意。其实，标准镜头完全不应该被忽视。它们可以说是我们日常用得到的、适合各种拍摄题材的优秀拍摄工具。这个焦距能很好地适用于各种被摄体，包括风光、静物和抓拍。围绕着标准镜头，你可以逐步构建你的镜头体系。

标准镜头：实用的选择

标准镜头有着和人眼相近的视角和透视，它的焦距大约相当于影像传感器对角线的长度。传统单反相机使用的标准镜头是50毫米，实际上，焦距为50毫米左右的镜头通常都被看做是标准镜头。

锐利，紧凑，轻便

以前，几乎所有的相机都搭配50毫米镜头一起出售。标准镜头一直是摄影镜头系统的基础。标准镜头既轻便又小巧，非常适合手持拍摄。对于日常摄影来说，这个焦距也很有用处，而且标准镜头一般都很便宜。定焦标准镜头最大光圈可以做到f/1.4或f/1.8，这比其它镜头的通光量要大得多，不仅取景器明亮，还能让摄影者在弱光时实现成功拍摄。另外，定焦标准镜头通常光学质量很优秀，锐度和影像质量也相当不错。不过，近些年推出的一系列高素质变焦标准镜头将标准定焦镜头挤到了一边，消费者更钟爱标准变焦镜头的灵活性。像35-70毫米（2倍变焦）、28-85毫米（3倍）或24-105毫米（4倍）变焦镜头都属于标准变焦镜头的行列。它们被设计用来取代50毫米定焦镜头。标准变焦镜头当然非常有用，今天，它们的光学素质已经具备和50毫米镜头相媲美的能力。然而，50毫米镜头还是不应该被忽略。没有哪只镜头具备它这样高的成像质量、大光圈和锐度，却只要如此便宜的价格。

◁ 标准变焦镜头
标准变焦镜头在实用性上已经大大地超过了传统50毫米定焦镜头。新型数码单反相机套装镜头大多数都是标准变焦镜头，最常见的焦段是28-70毫米和50毫米。这种通用的焦距范围很适合日常摄影。

◁ 标准镜头
传统50毫米标准定焦镜头可能看起来多少有些过时了，但它实际上是相当有用的镜头。它和人眼的透视非常接近，这样便于真实地还原被摄体。标准镜头通常最大光圈都很大，而且轻便紧凑，光学质量也很高。

∧ 日落和剪影

标准镜头适合多种不同的场景。在这幅图片中，色彩斑斓的晚霞和剪影形成了自然的透视关系。

奥林巴斯E30机身，14-54毫米镜头（位于27毫米焦段，等效于135规格54毫米），ISO100，曝光时间1/25秒，光圈值f/14，三脚架

镜头小贴士

APS型数码单反相机安装了50毫米标准镜头后需要进行等效焦距换算，大约相当于135规格的75毫米焦距镜头，非常适合拍摄人像。

毫无新意的焦距

虽然标准镜头可能不是很具动感，视野不宽，也没有远摄镜头的放大倍率，但我们不应该认为这个焦段是毫无新意的。标准镜头依然是我们日常摄影中的一个非常必要的工具。它的变形很小，自然地表现了透视关系，静物摄影和风光摄影以及街拍都很实用。不少世界闻名的摄影师都无比钟爱标准镜头。比如，布列松（Henri Cartier-Bresson）大约有一半的作品都是用标准镜头拍摄的。在50毫米这个焦距下，你可以围绕着被摄体不断地移动以寻找最有趣的视点来构图。其实没有哪个焦距是无聊的，毫无新意的，决定因素还是你自己。

标准镜头：构图

在全画幅相机上，50毫米镜头覆盖的视野范围为46度，和人类的视角接近。因此，使用标准镜头来构图非常简单，通过相似的透视关系，很容易就可以判断哪些景物或被摄体能记录在影像传感器上。而变焦镜头可以改变视角，因此也就改变了构图。虽然定焦镜头想要改变构图只能靠来回移动，可它们具备更好的光学素质。也算是一种对方便性的弥补。

∧ 留白

留白适合肖像的拍摄，也同样适用于野生动物。摄影师有意地在画面中留下一片空白区域。用得好的话，能很好表达一种情绪和神秘感。

尼康D300机身，50毫米镜头〔相当于135规格75毫米〕，ISO400，曝光时间1/100秒，光圈值f/2.8，手持拍摄

> **奇数规则**

在构图中被摄体的数量为奇数，中间的被摄体就很自然地呈现在画面中。一般说来，这样构图产生的效果要比偶数被摄体产生更加强烈的视觉冲击力。这个原则适用于任何被摄体，无论大小，也无需考虑镜头的焦距。

尼康D300机身，50毫米镜头，ISO100，曝光时间1/40秒，光圈值f/14，三脚架

使用标准镜头构图

在某些场景中，标准镜头表现了独一无二的视角和透视关系，而在有些环境中，还能表现出远摄镜头的感觉。对于不同的摄影需要，标准镜头都是一个多功能的好伙伴。

标准镜头中庸的视角透视有时能带给你不错的效果，如果摄影者创造力有限，或者漫不经心地拍摄，那么标准镜头的确是只很普通的镜头。假如你不只是想要单纯地记录一个风景或被摄体，那么请别偷懒，去尝试一些不同的视点。对于初学者，标准镜头是它们不断提升构图技术的基础。由于镜头焦距无法改变，这样你会更加关注取景器中的画面，更好地去理解体会焦距对构图的影响。

规　则

我们通过镜头来看世界时，无论它的焦距是多少，最关键的内容无非就是主要被摄体的位置安排，这样画面看起来才可能摆脱平庸，生动有趣。良好的构图能够迅速吸引观众的注意力。三分法构图（参见71页）对于各种摄影构图来说都是一个重要的工具。同时，还有一些其它值得记住的技巧来实现良好的构图。

正如其它构图规则那样，奇数规则应该被当作一个参考。它并不适用于每一个场合。根据这条规则，在构图中被摄体的数量为奇数，中间的被摄体就很自然地呈现在画面中。一般说来，这样构图会产生强烈的视觉冲击力。在广告摄影中，通常采用这样的方法。

留白给了主体更多的空间，所以画面看起来不会显得过于拥挤。这条规则尤其适合人像摄影。人眼注视的方向有意地留出一部分空间，这样很恰当地传递了情绪和神秘感。通常用短焦距镜头会更好些，因为不会让主体在画面中看上去太挤。标准镜头也符合这个规则。

镜头小贴士

50毫米标准镜头通常结构简单，所以制造成本也很低。而它们的光学素质可着实非常优秀，画面中每一个角落都可以达到一般变焦镜头无法匹敌的清晰度。标准镜头的最大光圈也很大。初学者用标准镜头来练习再合适不过了。消费者对标准镜头的喜爱度逐渐降低，可以以非常低廉的价格买到。

标准镜头被摄体：风光

由于广角镜头捕捉画面的范围广，通常在风光摄影中最常用到。而标准镜头在拍摄风光时同样非常优秀，在有些场合，甚至比广角镜头更适用。

好的风光镜头

用广角镜头拍摄风光时有一个缺点，那就是可能会由于它的视野范围太广而把很多不需要的元素也包含在画面中。通常来说，画面简单干净显然要更好一些。另外，还有这样一种情况：在广角镜头覆盖的宽阔视野范围内，找不到足够大的主体，而留下了大面积的空白。这样，画面效果就很差。标准镜头就可以挽救这样的局面。它的视角广度很适中，捕捉的画面范围也足够广阔，还能产生一定的视觉深度。由于视野比广角镜头窄一些，我们可以通过标准镜头来实现略紧

凑的构图。而这种情况下，广角镜头可能会在前景中留下太多空白的区域而显得画面主体不明。

标准镜头景深大，在光圈调至f/11或更小时，通常就可以实现从前到后都清晰的效果。在风光摄影中，这是很必要的。要想确保景深最大化，还可以对焦到超焦距上。

如果你想要强调画面的背景，而不是前景，或者你只是不想让前景占主体地位，标准镜头是好的选择。还有，当你不打算把天空包含在画面当中时，标准镜头和远摄镜头就非常适合这样的场景。比如，在天空阴暗多云，或是非常明亮柔和、毫无表现力时，都可以把天空隔离在画面之外。如果使用广角镜头的话，想让画面中不包括天空几乎是不可能的。而标准镜头就可以做到，你可以让景物和天空分离开来，增加了画面的力度。

有些风光摄影者不喜欢广角镜头的变形，它们会把被摄体拉伸到画面的外围。标准镜头的透视感就好很多，总是能真实还原我们看到的风景。

▽ 小桥和河流

标准镜头拍摄的画面，透视感真实自然，和我们眼睛看到的景物类似。非常适用于拍摄比较紧凑的构图，而不会让它们变形失真。标准镜头也很适合把枯燥无味、毫无生气的天空排除在外。

尼康D300机身，18-70毫米镜头（位于40毫米焦段），ISO100，曝光时间4秒，光圈值f/22，偏振镜，中灰滤镜，三脚架

镜头小贴士

在APS-C型相机上，由于放大倍率的问题，要想达到135画幅50毫米的视角则需要短焦距镜头。市场上有不少便宜而质量不错的35毫米镜头，在APS-C型相机上基本相当于标准镜头的视角和透视。

剪　影

逆光摄影的极致表现就形成了剪影。当光线从相机的正面照射过来时，被摄体完全没有色彩和细节，只能看到轮廓。风光摄影中的剪影效果表现出强有力的画面，尤其背景是多彩的天空时。标准镜头是最适合拍摄这种效果的镜头之一。

每一天傍晚都是拍摄剪影的绝佳时机，夕阳西下，一片金色的光芒。由于被摄体的颜色和细节已经看不到了，突出的只是外形轮廓。所以选择的被摄体应该是比较容易识别的东西才行。比如，一棵树或一个建筑物。拍摄剪影时，我个人喜欢保持画面紧凑而简单；如果画面中东西太多，就会转移我们的视线，削弱了主体的效果。这也就是为什么标准镜头非常适合拍摄剪影的原因。

拍摄剪影效果，曝光极其重要，最可靠的方法是对着画面中最明亮的区域测光，按照得到的数据来曝光。这样做的目的是让主体曝光严重不足，只剩下外形轮廓的线条。回放影像时，可以通过观察直方图来确定画面的曝光是否合适。

∧ 树的剪影

标准镜头非常适合拍摄剪影效果。它们的视角比广角镜头略窄，这样很自然会产生简洁的构图。

尼康D700机身，24–85毫米镜头（位于70毫米焦段），ISO100，曝光时间1/80秒，光圈值f/11，三脚架

标准镜头被摄体：静物

通常来说，标准镜头，无论变焦还是定焦，最近对焦距离都在45厘米左右。这种相对近距离摄影的能力让它们成为了一种多功能镜头。在最近对焦距离下拍摄，物体与实物之间的比例大约是1：8或1：10。虽然这种比例比起微距镜头（参见110页）来说不值一提，但对于静物摄影来说，已经足够用了。

静物摄影

静物摄影是指有意去布置好一些天然或人造的东西，然后再拍摄。这种形式的摄影由于很容易实现而逐渐流行起来，你不需要到外面去跋山涉水寻找可以拍的东西，也不需要一个非常专业的工作室。就连家里的一些用品都可以拿来当作静物摄影的对象。这是一个实践摄影，积累经验的好机会，你的构图能力，控制光线和曝光的技术都会得到提高。可这并不表示静物摄影是件简单的事，通常在你按下快门之前，要有一大堆的工作要做。

首先要做的是去识别哪些东西可以拍，这是静物摄影的一个关键。有时候即便是我们日常使用的最平常的物品也能创作出惊人的作品。去发挥你无限的创造力去观察你家中的每一处，像餐具、文具、工具、瓶子、花朵、食品和玩具都是很有潜力的静物对象。可以把它们单独来拍摄，也可以混合在一起拍摄。

尽管标准镜头结构紧凑，轻便，易用，手持拍摄也不会有太大的抖动，这里我们还是强烈推荐你使用三脚架来拍摄静物。当相机被三脚架固定后，这时你可以任意地去布置物品，而构图不会改变。还有，我们有的是时间来调整相机，直到在取景器中看到的画面完全符合你的要求。

你也可以购买专业的静物台，当然这不是必需的，有时一张桌子就足够了。把它放置在窗户附近，这样就有了光源。在使用日光拍摄有难度的时候，也可以使用闪光灯或者影室灯，当然这样你更容易控制光线。刚刚接触静物摄影的摄影者会发现利用环境光拍摄更容易些，因为在按下快门之前你就可以看到光线在被摄体上的效果了。

很多静物图片都是在近距离下拍摄的。如果你发现标准镜头已经达不到你需要的更近的拍摄距离时，不妨使用一片近摄镜（参见134页）或者近摄接圈（参见122页）。大部分情况下标准镜头和这些近摄附件搭配在一起都可以满足你的需求，这样你就没必要去购买价格不菲的专用微距镜头了。

∨ 钥匙孔

并不是所有的静物拍摄都需要自己来布置。有时用不着事先安排你就会发现一些现成的对象。这幅照片里，我在乡间注意到这扇掉漆的门，钥匙孔也是很好的静物。

尼康D200机身，24–85毫米镜头（位于70毫米焦段），ISO100，曝光时间1/20秒，光圈值f/14，三脚架

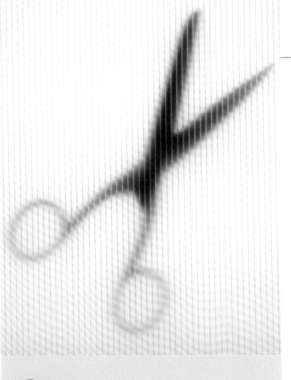

∧ 剪刀

有些日常生活中你根本不会去留意的物品也可能成为不错的静物拍摄对象。利用好三个关键元素——光线、构图和排列，效果可能会出乎意料。在这幅简洁的图片中，我把一把剪刀放在一个柔光箱上，于是形成了剪影效果，然后再放置一片塑料薄膜在最上面来使光线扩散。

尼康D300机身，24–85毫米镜头（位于55毫米焦段），ISO100，曝光时间1/40秒，光圈值f/11，三脚架

＜ 静物

静物摄影的一个关键首先是去识别哪些东西可以拍，然后怎样去恰当地排列布置。一开始我们可能会发现一盘水果或者一个插满花的花瓶都是不错的静物，不过，我相信，用不了多久你就会去考虑更多新颖的东西。

尼康D300机身，24–85毫米镜头（位于70毫米焦段），ISO100，曝光时间1/50秒，光圈值f/4，三脚架

镜头小贴士

形状、排列和反差是静物摄影中重要的元素。确实需要注意色彩搭配，不过也别忽视了后期制作的功效，有些黑白照片传递的怀旧感很适合静物摄影。

标准镜头被摄体：抓拍

　　抓拍时，技术和机会同等重要。抓拍是一种不计划、不固定、不张扬的人物摄影形式，摄影者在日常生活中捕捉每一个瞬间。抓拍不分镜头，200毫米焦距这样的远摄镜头一样可以抓拍，它可以在很远的距离下拍摄，而不打扰被摄者。同样，标准镜头也是抓拍的利器。

∧ 冲浪者

　　为了确保你拍摄的图片真实自然，被摄者最好根本不知道你的存在。我拍摄了这张照片之后，我问他是否在意我给他拍了照片，他不但没有生气，反而很开心。

尼康D70机身，18~70毫米镜头（位于35毫米焦段），ISO100，曝光时间1/180秒，光圈值f/11，手持拍摄

时　机

　　抓拍是否成功很大程度上取决于时机的选择。早一点或晚一点可能都不行。被摄者也许会转身，或者眼睛看的方向变了，表情发生变化等等，这样整个表现就都不同了。因此，你动作要快。在婚礼现场，忙乱的集市上，街道上，聚会现场和一些庆典上都非常适合抓拍。

　　好的抓拍摄影师总是随身带着相机，从不放过任何一次机会。不过有一点非常重要，一定要注意：有些人会拒绝你为他拍照片，如果条件允许，要先得到他们的同意，另外，除非你得到孩子的父母或监护人的同意，否则不要随意给小孩子拍照。现实生活中，当你为他们拍照片时，大多数人都不会感到反感。像街头艺术家和工人都会很开心地继续他们的表演和工作，而你这时就可以拍到一些独一无二的照片。

　　在我们日常摄影题材和一些正式的场合中，抓拍都开始逐渐地流行起来。比如说，很多新婚夫妇现在都很喜欢那种自由式的婚礼摄影。小景深很适合抓拍摄影，因此使用f/4这样相对大些的光圈。浅景深能将主体和背景分离开来。

　　照片中的人正在做什么要比什么都不做有趣得多。你拍摄的人物会把注意力集中在他正在做的事情上，这样就会把焦点从你身上转移，增加照片的现场感。

∧ 聚会时间

　　派对和演出现场是抓拍的好地方。不要忘记我们可以把照片转化成黑白效果。很多抓拍的拍摄都适合这种方法来表现一种简洁的戏剧效果。

佳能EOS20D机身，50毫米镜头，ISO200，曝光时间1/180秒，光圈值f/8，闪光灯

镜头小贴士

　　无论你是用什么焦距的镜头来进行抓拍，都要多拍。这样你能捕捉到一些意外而真实的场景。如果少拍就可能会错过。将相机设置为连拍模式，这样就提升了你拍摄出优秀照片的几率。

　　时机决定一切，在按下快门之前，你需要等待，等待着他们完全沉浸在表演中。对多个人进行抓拍效果也非常理想。如果被摄体在进行互动，这就能表现一种关系。即使他们没有互动，画面中有多个人也能增加深度和兴趣点。抓拍中使用前景元素来构图是一个不错的方法。比如，让视线跨过某个人的肩膀，或者是门口和窗户，看起来会有一种他们隐藏在后面的感觉。这能在抓拍中增加一种窥视感。

第5章　镜头类型：远摄镜头

> 远摄镜头可以让我们把被摄体表现得很近。比如说，摄影者通过远摄镜头让不远处的主体占满整个画面，或者给距离很远的野生动物拍摄肖像照，而这些如果用短焦镜头是根本无法实现的。远摄镜头的透视效果会产生一种被压缩的感觉，摄影者可以利用这个特点来完成他想要的效果。想要拍下那些胆小害羞的野生动物和远距离的动态被摄体，没有哪种镜头比远摄镜头更合适了。

远摄镜头：实用的选择

严格说来，任何长于50毫米焦距的镜头都叫做远摄镜头。这些镜头的视角要比人眼的视角窄，因此，我们在相机取景器中看到的画面要比真实的物体大一些。在拍摄远距离的被摄体时，或者当你想要让被摄体充满整个画面时，都可以用到远摄镜头。它们由于景深范围很浅，有时会带来一些局限性，不过这方面也有好处，可以消除焦外区域的干扰。另外，远摄镜头呈现出的压缩透视感经常被用来创造一种鲜明突出或是不同寻常的效果。远摄定焦或者远摄变焦镜头对任何一个摄影者来说都是值得添置的，尤其是那些钟爱野生动物和体育摄影的爱好者。

焦距和焦距类型

远摄镜头焦距范围很广，最长可以超过1000毫米，当然，1000毫米焦距的镜头也都达到了大多数摄影者无法承受的价格。远摄镜头分为三种类型：短距离远摄、中距离远摄和长距离远摄。50–135毫米焦距的镜头被称为短距离远摄镜头，虽然它们的远摄能力并不是很出色，但这是一个用处极广而且功能丰富的焦距范围。透视感很舒服，非常适合人像摄影，还能把风景或城市环境从主体和兴趣点中分离出来。短距离远摄镜头的最大光圈很大，而体型却比其它远摄镜头小巧紧凑，重量也不是负担，便于携带和手持拍摄。

135–250毫米焦距被定义为中距离远摄镜头。这样的远摄能力让它们适用于很远的被摄体，或者你无法靠近被摄体的那些情况，比如体育赛事或者公开展出。很多现代镜头最近对焦距离都设计的很短，这意味着它们可以用来拍摄被摄体的特写镜头，比如花朵。在APS-C型数码单反相机上，它们的远摄能力则更强大。不过，随着镜头焦距的增加，通常它们的体型和重量也随着增大，如果没有任何支撑物（参见40页），手持拍摄是很困难的。焦距在250毫米以上的就叫做长距离远摄镜头。这是野生动物、体育摄影师的首选器材。摄影师可以在很远的距离外拍摄，而捕捉到的影像看起来就像在附近拍摄一样。长距离远摄镜头很好地分离了主体细节和背景，当然，景深也就更浅，对焦时需要小心仔细。如果镜头没有搭载影像稳定技术，那么则需要选择较高的快门速度来防止机震。

**300毫米远摄定焦镜头和
70–300毫米远摄变焦镜头**

远摄定焦镜头通常成像质量很好，最大光圈也比同等焦距的变焦镜头要大。但变焦镜头往往更便宜一些，而且通用性更强，也更小巧、轻便。到底选择哪种远摄镜头呢？这还是由你的需求和预算来决定。

∧ 灯塔

除了被摄体的放大倍率以外，远摄镜头的另一个主要特点就是对透视的压缩。这种效果导致画面中的元素之间的距离要比实际距离近。这是一种常用的视觉工具，也是为什么远摄镜头在任何一个摄影包中都是很好的扩展延伸。

尼康D700机身，100毫米镜头，ISO100，曝光时间1/20秒，光圈值f/18，三脚架

稳定性

科技的进步已经让远摄镜头的体型比以前小了不少，可它们还是要比其它类型的镜头大很多，重很多，不便于携带。尤其是像最大光圈为f/2.8或f/4的大孔径远摄镜头，体型和重量相当可观。体型的增大并不是镜头放大倍率导致的，而是为了实现更大光圈的结果。镜头的重量和长度会影响摄影师在拍摄时保持相机稳定的能力，在低速快门时，相机震动（参见55页）发生的几率更大。使用远摄镜头拍摄，影像稳定技术可以减少震动的影响，但却不能替代稳定的支撑物。关于支撑物，三脚架是最好的选择，如果没有，独脚架也可以暂时替代。拍摄大自然和体育的摄影师尤其需要这些支撑物来提供帮助。长焦距远摄镜头通常都设计有三脚架接环，不需要用相机和三脚架来连接固定，这样可以使相机和镜头的重量分配更平衡，也减少了镜头卡口承受的压力。如果你没别的选择，只能手持拍摄，最好优先使用高速快门。这里有一个通用的规则供你参考，快门速度和镜头焦距应互为倒数。比如说，使用400毫米焦距镜头，想要获得清晰的影像，那么至少要将快门速度调至1/400秒或更快。

花费

远摄镜头大都不便宜。300毫米以上的定焦大光圈远摄镜头更是价格不菲，所以投资需谨慎。这些镜头一般都具有专业用途，所以购买人群也都是专业摄影师，比如需要隐蔽起来工作，或者是新闻记者和狗仔队等等。而大部分摄影爱好者实际上并不需要"高速"远摄镜头，他们使用最大光圈值为f/5.6或f/8的镜头一样也可以完成拍摄，并且能实现几乎同样的效果。虽然这些所谓"慢速"镜头最大光圈并不是很大，但在光线条件不错时，完全可以通过高速快门来凝固住被摄体的动作并抵消相机震动的影响。"慢速"镜头当然也有它们的优势，通常它们都比"高速"镜头更小巧，紧凑，重量上轻了不少，更容易使用和携带。远摄定焦镜头往往在成像质量上要好一些，不过若是你的预算不足，不妨考虑购买变焦镜头。它们要便宜很多，而且适用范围广，成像质量也都不错，尤其是光圈值在f/8或f/11时。70-300毫米和80-400毫米这样的焦段产生了很高的放大倍率，远摄能力完全够日常使用了。通常f/5.6或f/8是它们的最大光圈值。在光线较暗时，这可能会受到限制，如果这时要实现高速快门就必须调高ISO感光度。

镜头小贴士

如果长距离远摄镜头对你来说超出了预算范围，也可以选择折衷的方法：一只短距离远摄镜头搭配一只增距镜（参见125页）。1.4倍或2倍增距镜都可以增加镜头的焦距，拍摄距离较远的物体也可以让它们充满画面。

远摄镜头：构图

我们的眼睛焦距是固定的，大约相当于135全画幅相机上的50毫米焦距。因此，我们总是看到相同的焦距和视野范围。而通过镜头看到的世界却大不相同。有了镜头焦距的变化，我们可以变换看一个东西的方式。放大被摄体让我们有了更多创造和组合的机会。长焦距镜头展现了我们平时看不到的细节清晰度，还能让摄影师把这些细节从纷乱的背景中分离出来，改变了视觉比例，产生优美的透视。远摄镜头是有用的视觉工具，能创造出动感的、吸引人的作品。

景　深

景深这个词用来描述在最终成像上你选择的对焦点之前和之后清晰的范围。景深很大程度上由镜头的光圈决定，大光圈（光圈值很小）会产生较小的景深，而小光圈（光圈值较大）会带来前后大范围的清晰度，也就是大景深。影响景深的因素除了光圈外还有镜头的焦距，焦距越长，清晰的范围会越小。正是这个原因，焦点之外的背景呈漫射状散开是远摄镜头的一个关键特点。我们可以利用景深浅这个特点来实现很不错的虚化效果。在明显有纵深感的画面中，除了焦点以外，可以去除掉任何东西，让它们都处于虚化范围内。极其适用于拍摄野生动物、体育运动和抓拍。这种效果视觉冲击力很强，能把观众的视线瞬间凝聚到主体或焦点上。这种构图画面简洁，干净，是其它类型的镜头很难仿效的。要想使前景和背景的细节都分离出去，就需要大光圈，但这样必须对焦极其精确才行。如果想知道你所选择的光圈是否能保证主体在景深之内，可以使用相机的景深预览按键，大多数数码单反相机都有这个功能。

⋀ 荆棘叶和霜

干净、模糊的背景是长焦镜头一大特点。用这种方式可以虚化背景突出主体。上面这张图片我使用一只300毫米镜头来实现整个背景的虚化。

尼康D200机身，100–300毫米镜头（位于300毫米焦段），ISO200，曝光时间1/30秒，光圈值f/7.1，三脚架

透视压缩

远摄镜头会让照片中前景和背景中的物体距离显得比实际距离近，这种效果正好和广角镜头相反。比如，一纵列电线杆或大树在远摄镜头拍摄的照片中会显得一个紧挨着一个，而实际上它们之间的距离是很远的。这种效果就叫做透视压缩，焦距越长，压缩的效果越强烈。这种感觉其实是一种幻觉，并不是相机的拍摄位置改变了透视关系，而是焦距。这种压缩感是远摄镜头的专有特性，可以用来制造特殊效果，当你想把背景中的某一物体变得像前景一样突出时，这种镜头尤其显效。

让被摄体充满画面

  摄影者可以结合远摄镜头分离和压缩的效果来拍摄"全幅"构图。换句话说，利用远摄镜头的放大能力，让被摄体完全充满画面，不留空隙。这种方式可以用到任何被摄体上，比如，野生动物、建筑、人像、结构和细节的摄影都可以使用。

  其实任何焦距的镜头都能实现这个"全幅"的构图，但远摄镜头的高放大能力意味着你可以在距离很远的情况下轻易完成这个效果。这样做，摄影者还能避免短焦距镜头在近距离摄影时产生的变形。另外，这种构图还解决了前景和背景中的元素分散彼此注意力和相互冲突的问题，让构图更加紧凑，更引人注意。"全幅"构图会让注意力集中在一些具体的细节上，比如纹理、皮肤、头发、羽毛等。对人和动物肖像进行这样的构图会令观众和被摄体产生眼神的交流，画面看起来更具穿透力。不过，构图时要注意不要剪裁得过于生硬，也不要为了构图而构图，要确定这种方式适合你选择的被摄体。

∧ 海边大道

  远摄镜头会压缩透视，让前景和背景中的物体看起来比实际距离更近。这种特殊的透视关系是一个很好的压缩工具。

尼康D200机身，100–300毫米镜头（位于100毫米焦段），ISO200，曝光时间2秒，光圈值f/11，中灰滤镜，三脚架

镜头小贴士

  摄影者可以通过远摄镜头独特的透视感创造新颖的作品。不过这种压缩透视的效果也有缺点，那就是让画面看起来很平，通常缺少那种广角镜头产生的立体感。

< 达特慕尔的小马驹

  摄影者使用长焦距镜头来分离被摄体或是一些独特的细节。相机距被摄体的距离和被摄体的大小决定我们选择什么样的焦距，通常300毫米焦距这个范围都是个不错的选择。

尼康D200机身，300毫米镜头，ISO200，曝光时间1/400秒，光圈值f/4，三脚架

远摄镜头：体育

照片的创作取决于人，而不是相机和镜头。虽然这种说法没错，但在体育或动态摄影中，没有合适的器材，你一定会相当吃力。任何焦距的镜头都可以用来拍摄体育，话虽这么说，但显然远摄镜头比广角镜头实用多了。在边界线外，摄影师通过远摄镜头就可以捕捉到"全幅"的赏心悦目的画面。

远摄体育

拍摄体育并不简单。具体选用多少毫米焦距的镜头并不是一成不变的。首先，体育运动有很多种，场地大小也各不相同，还有很多限制。另外，你希望得到的照片风格也会影响你对镜头的选择。一般来说，200毫米和300毫米焦距是体育爱好者最常使用的焦距。这个焦距范围的放大倍率足够让被摄体充满整个画面，观看者感觉就好像置身其中一样。拍摄体育时，快门速度也是一个决定性因素。而快门速度又涉及到镜头的光圈。光圈越大，你能选择的快门速度就越快。镜头的焦距越长，快门速度的影响就越明显。摄影师总是希望通过相机快门来凝固住被摄体的动作，所以动态摄影中最首要的因素就是快门速度。根据现场环境和体育比赛本身的速度不同，有时需要使用高达1/500秒的快门速度。可令人遗憾的是，最大光圈能达到f/4或者f/2.8的远摄镜头价格都很昂贵，通常只有专业体育摄影师才用得起。然而，并不是说只有专业的远摄镜头才能拍摄出优秀的照片，有时即使是很低档的设备一样可以。70-300毫米远摄变焦镜头足够我们使用了。这种变焦镜头在长焦端时，最大光圈都在f/5.6左右，在光线好的时候，这样的光圈已经足够大了。不过，如果你拍摄的照片还是模糊不清，而需要提高快门速度时，可以通过提高ISO感光度来弥补。这么做可能会增加噪点，轻微地影响成像质量，不过目前大多数数码单反相机都可以在ISO800甚至更高时提供出色的成像。当然，这么做只是在你需要更高的快门速度来确保被摄体能清晰锐利时的一种折衷选择。

∧ 沙滩排球

拍摄体育时，不要只拍那些看起来显眼的东西，可以寻找一些有趣的细节或动作。长距离远摄镜头可以让摄影者把那些具体的细节分离出来，捕捉到吸引人的满幅画面。

佳能EOS20D机身，100-400毫米镜头(位于400毫米焦段)，ISO200，曝光时间1/400秒，光圈值f/6.3，手持拍摄，影像稳定功能开启。

摇 摄

摇摄是指相机在整个曝光过程中随着被摄体的移动而相应地左右或上下移动。在相机移动时，使用适中的快门速度，这样才能使被摄体保持清晰，而背景模糊得自然、柔和，体现了速度感，这种拍摄手法尤其适用于车类比赛。当你需要让纷乱的背景不那么抢眼，比如拍摄体育赛事中的观众时可以使用摇摄。摇摄需要练习才能熟练掌握，被摄体运动的速度和你距被摄体的距离决定了摇摄的效果。1/4秒到1/30秒的快门速度都适合摇摄，具体数值要根据情况而定。通过取景器观察运动的物体，使用稳定平滑的动作来移动相机。曝光时要轻轻地释放快门按钮。在快门关闭前不要停止动作。

在大型体育赛事中，只有获得批准的体育摄影师才能进场拍摄，对于普通的摄影爱好者来说，这几乎是不可能的。而在本地小型体育比赛中，我们就有机会进场拍摄出不错的照片。比如，本地的足球和橄榄球比赛不需要获得批准就可以进行拍摄，这种比赛正好磨练你的摄影技术。这样你会了解到哪儿是最佳的拍摄位置以及预知运动员下一个动作，和你应该做的反应。尽量选择一个能产生干净、鲜艳颜色背景的拍摄位置。由于远摄镜头具有压缩透视的特性，背景的细节会迅速地被剥离掉，这样主体和他周围的环境就被分隔开了。拍摄运动的物体，要想获得清晰的影像绝对是一项挑战，对焦在这里非常关键。还好，现今大多数数码单反相机的自动对焦速度和反应都非常

镜头小贴士

远摄镜头通常很笨重，有必要找一个支撑物。体育摄影时，三脚架有时会限制相机的移动。这时不妨选择独脚架来支撑相机。

∧ 发球

远摄镜头能够在体育摄影中拉近你和被摄体的距离。在拍摄中色彩会增加效果。想要让背景很好地衬托主体，而不分散注意力，你要认真地选择拍摄位置。

佳能EOS40D机身，100~400毫米镜头（位于200毫米焦段），ISO100，曝光时间1/640秒，光圈值f/6.3，手持拍摄，影像稳定功能开启。

快，而且还能跟踪动体拍摄，让焦点始终锁定在被摄体上。另外，还要选择相机最快速的连拍模式来确保捕捉到连续的画面。

虽然大多数情况下摄影师都想要凝固住快速运动的动体，不过也别忽视了另一种拍摄形式，用慢速快门来故意让动体模糊化，这样会创造出动感效果。慢速快门也同样适用于"摇摄"。

远摄镜头：野生动物

尽管拍摄野生动物相当有挑战性，却仍然是最流行的摄影题材之一。自然界的生命让人难以捉摸，想拍摄下来并不容易。这也使得超远摄镜头成为了野生动物摄影师的首选工具，在很远的距离以外，也能够捕捉到看起来很接近的影像。有些动物非常胆小，不易接近，如果使用其它短焦距镜头拍摄可能早就把它们吓跑了。另外，这样也会增加摄影者自己的危险性。摄影师可以使用远摄镜头在不打扰野生动物的同时为它们拍摄照片。

追　踪

想要接近拍摄目标主要有两种方式，一是追踪，二是潜伏。追踪是个技术活，成功率相对来说并不高，但通常也是唯一可行的选择。当你步行追踪目标时，要慢慢地接近它们，不要让它们受到惊吓而四散逃跑。你的装扮也要适合追踪，最好穿上伪装服。要知道，如果没有掩护，野生动物发现你的机率就会高很多。另外，当你背着相机外出去寻找鸟或其它动物拍摄时，你需要成为一个机会主义者。多实践练习，慢慢你会发现你已经可以距离一些动物非常近了。追踪哺乳动物时，你要始终保持处于下风向方位，否则它们可能会嗅到你身体的气味或是止汗露的味道。前进的步伐要轻，一旦这些动物往你所在的方向看，你一定要停止任何动作。身体也要尽量降低，不要让身体的轮廓出现在地平线外。你的镜头焦距越长，你其实就可以距离这些动物越远些。

三脚架在追踪动物时就会变得更加笨重，而且想要悄无声息地把三脚架放置到位也很困难。除非你的镜头具备了防抖功能，否则还是有必要利用支撑物来支持沉重的镜头。这时，独脚架是个不错的选择，轻便，而且不会像使用三脚架那样忙乱。如果没有独脚架，也可以不展开三脚架的腿，把它当做独脚架来使用。

最后需要强调的是，你一定要将野生动物宁静的生活放在首位。如果你觉得这只鸟可能在它的巢附近，或者旁边有小鸟，就不要试图接近。否则会让这只鸟受到惊吓，继而放弃自己的巢穴和幼仔。

> **红襟鸟**

通常追踪是接近野生动物唯一可行的方法。在公园和自然保护区里，它们往往都习惯了人类活动，因此，追踪它们要有耐心。这些地方都是你练习追踪技术的好地方。

尼康D70机身，400毫米镜头，ISO200，曝光时间1/640秒，光圈值f/4，手持拍摄

镜头小贴士

刚刚打算尝试用远摄镜头拍摄野生动物的朋友不妨先去动物园或野生动物园试试看。在那儿先练习一下对焦和构图技术。有时那些护栏或铁丝网可能会影响画面，用最大光圈来拍摄，可以把那些铁丝网和背景中杂乱的东西都虚化掉。

潜伏摄影

按理说，拍摄野生动物最好的方法是在一个地方耐心地等待，让它们来找你。当然，你必须要隐藏起来才行。潜伏是一项耗时的工作，不过，由于动物们不知道你的存在，成功的机会就更高，你也不会打扰它们的生活。

远摄镜头是潜伏摄影的必备工具。由于你可以放置一些食物、水等作为诱饵来引诱动物来到你期望的地方，300—400毫米焦距的镜头就够用了。我们可以利用很多种遮蔽物来隐藏自己，市场上能买到的最好用的遮蔽物是那种小型便携式帐篷，有长方形和半球形两种。这些帐篷很轻巧，可以折叠，而且很容易就能架设起来。通常，它们都是由伪装材料制成，还留有镜头窗口。这种帐篷的价格并不贵，当然你也可以省下这笔钱自己来制作帐篷，或者干脆用一些自然界的材料来遮挡。这种帐篷的优势是你可以把它摆放在适合拍摄的位置，比如光线充足而背景干净的地方。你也可以选用一些很上镜的东西作为背景。比如，拍摄小鸟时，把食物放置在枝繁叶茂的小树枝旁，这样小鸟可以把它当做落脚点。潜伏需要有耐心，如果你做到了，那么你的作品就会更富有创造力，对最终的结果控制得也越好。

∧ 半圆形帐篷

隐藏在帐篷中，你可以更接近那些胆小的动物。利用自然界的材料自己制作一个帐篷或者买一个专门用来隐蔽拍摄的帐篷都可以。

∨ 蓝山雀

帐篷是成功拍摄到野生动物最好的方式之一。在某些环境中，便携式帐篷提供了最合适的拍摄条件。用一些食物、水或者筑巢用的材料当做诱饵，你可以把动物们引诱到你设置好的拍摄区域内。虽然说整个过程很耗时，但这样往往成功率更高。

尼康D200机身，100–300毫米镜头（位于300毫米焦段），ISO400，曝光时间1/300秒，光圈值f/8，三脚架，隐藏拍摄

远摄镜头：纹理和细节

使用远摄镜头，摄影者可以只选择一个被摄体或一个景物中的一小部分来拍摄。对于那些喜欢拍摄"满幅"照片或者想要表现一些东西纹理和细节的摄影者，长焦距镜头是最好选择。其它类型的镜头都无法如此精确简便地做到这点。远摄变焦镜头在这方面显然更加易用，你不必更换镜头也不必改变拍摄位置，只要转一转变焦环就可以调整画面的构图，选取那些你想要的部分。

分离细节

远摄镜头可以用来突出一些轮廓、构图和细节，而这些东西若使用其它类型的镜头拍摄的话在画面中就显得很散乱。但是，这种类型的照片需要摄影者具备创造性的眼光才能实现。换句话说，就是发现美的能力。

比如拍摄建筑时，我们的第一反应是去拍摄建筑本身，或者是内部，广角镜头（参见69页）当然是首选。但是你也许可以考虑一下那些"画面中的画面"。

通常，展现一些建筑的细节是对建筑摄影更好的补充。100毫米焦距这样的镜头就可以用来分离窗户、石柱、拱门、砖墙、楼梯甚至门把手这样的细节。创造出画面感很强图像的关键是让构图更紧凑，也就是让被摄体充满画面。

任何被摄体都可以用远摄镜头来分离那些有趣的局部。比如说老旧的汽车、机器、市场的货架和标志牌等等。用不同的眼光去观察周围的世界，你会发现到处都有精彩的画面。

> **门把手**

摄影师可以利用远摄镜头去剪切一些有趣的细节画面。在这幅照片中，对于海滩上这座小木屋来说，广角镜头就派不上用场了。通过远摄镜头来突出表现门把手和钥匙孔，画面看起来效果更好。

尼康D200机身，70–300毫米镜头（位于70毫米焦段），ISO100，曝光时间1/40秒，光圈值f/20，三脚架

70–300毫米变焦镜头对于拍摄这类题材非常合适，它功能多样，而且很轻便。一般来说都可以手持拍摄，这对在城市摄影来说很重要。在光线不理想或不符合实际的情况下，再使用三脚架。

镜头小贴士

在使用长焦距远摄镜头时，要注意避免出现"薄饼"效应。当同一种形状的物体充满了整个画面，在远摄镜头的透视压缩之下，就会表现出一种不寻常的平坦，这就叫薄饼效应。这时应改换一只焦距稍短的镜头，然后走近些再拍摄。

倒影

抽象摄影是一个利用对称的色彩、纹理和同样的开关或线条来创造影像的过程。被摄体不需要被看出来具体是什么，或者画面表达的意义。有时这就是纯粹的艺术。

尼康D200机身，80-400毫米镜头（位于320毫米焦段），ISO200，曝光时间1/180秒，光圈值f/11，三脚架

抽象、图案和纹理

远摄镜头还同样适合拍摄那些看起来抽象的画面。虽然通常我们都需要镜头把被摄体表现得清晰、锐利、准确，真实度高，而抽象的画面很难辨别清楚，是一种非真实的表现。但抽象的画面也可以具有艺术性，长焦距镜头就比较适合表现这种摄影形式。这是因为远摄镜头可以分离一些特定的元素，只留下色彩、纹理和一些细节，其余的部分都丢弃在外。虽然镜头的焦距长度在这里显得格外重要，但并不是决定性因素，最重要的还是摄影者的创造力，也就是独特的视角和创造性的技术。拍摄抽象画面时，动体摄影是个不错的方法，同时使用像1/2秒或者更慢的快门速度，这样去有意地模糊被摄体的动作，比如随风摇摆的庄稼，一群飞翔的鸟或者流动的水。当尝试使用这样的技术时，一定要使用三脚架支撑相机，否则，相机会出现晃动，影响最后画面的效果。当拍摄图案或者纹理时，远摄镜头拍摄出来的"满幅"构图通常效果很不错。这些抽象形式的摄影并不会吸引每一个人，而且对照片的认同度也会因人而异，毕竟这通常是很主观的东西。不过，没有任何其它类型的摄影方式能比抽象摄影更能激发你的创造力了。

薰衣草

通常，可以利用很浅的景深来表现抽象的影像。因此，需要认真地考虑你选用的镜头光圈，这会很大程度上影响画面的清晰度。这幅照片，f/4这样的大光圈达到了理想的效果。

尼康D300机身，150毫米镜头，ISO200，曝光时间1/180秒，光圈值f/4，手持拍摄

第6章 特殊镜头

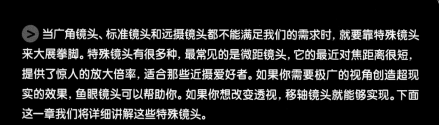

当广角镜头、标准镜头和远摄镜头都不能满足我们的需求时，就要靠特殊镜头来大展拳脚。特殊镜头有很多种，最常见的是微距镜头，它的最近对焦距离很短，提供了惊人的放大倍率，适合那些近摄爱好者。如果你需要极广的视角创造超现实的效果，鱼眼镜头可以帮助你。如果你想改变透视，移轴镜头就能够实现。下面这一章我们将详细讲解这些特殊镜头。

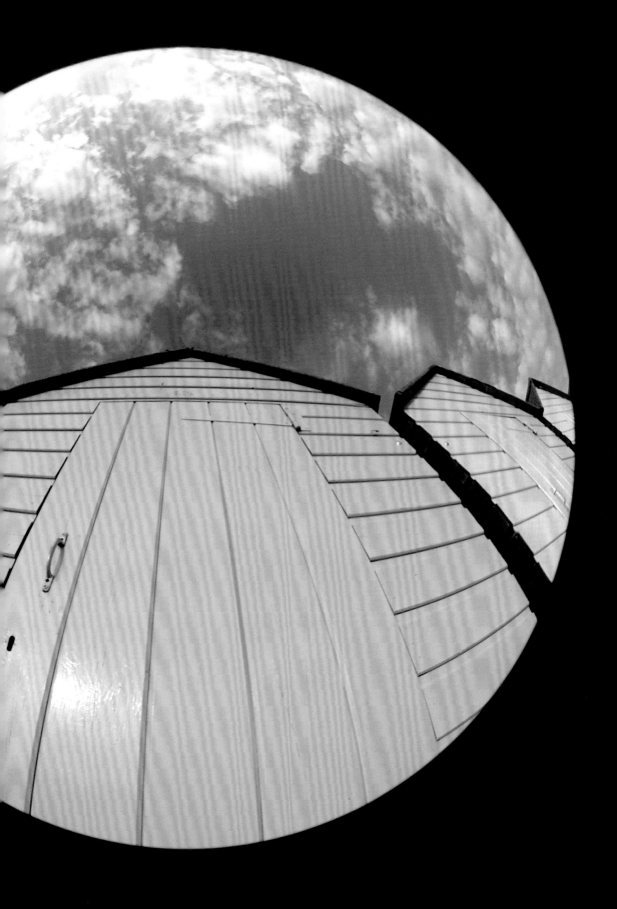

特殊镜头综述

　　广角、标准和远摄镜头是我们最常见也是用途最广泛的镜头类型。在日常摄影范围之内，无论从焦距长度还有功能性上，这样的组合已经完全能够胜任了。但是在某些情况之下，比如，拍摄微小的被摄体或者建筑时，往往需要一些特殊镜头来迎接挑战。特殊镜头的类型有很多种，它们补充了传统镜头所不能触及到的领域。这一章我们来详述这些特殊镜头的特点，以及它们的用处。

　　特殊镜头有两种用途，一种是专用于某种摄影类型，另一种是利用它独有的特点或透视感来实现特殊效果。特殊镜头填补了传统镜头在功能上的空白区域。最常见的特殊镜头可以分为四类：鱼眼镜头（参见108页），微距镜头（参见110页），移轴镜头（参见114页），折反镜头（参见116页）。它们的用途完全不同，每一类镜头的用途范围相对来说都很小。因此，只有经常使用这些镜头的摄影者才会去考虑投资购买。比如说，除非你经常进行近距离拍摄，否则你不会花费高昂的价格去买一只专用微距镜头。但是，特殊镜头如果用得很好，能拍摄出传统镜头无法实现的效果。比如，鱼眼镜头具有极端的透视感，但并不是每一个人都能接受这种效果。不可否认的是它的效果很有趣，而且非常吸引人的目光。有些特殊镜头

的设计目的是用来补偿传统镜头的局限，比如移轴镜头可以矫正透视变形，它能够改变光轴的倾斜角度，还可以偏移光轴，用来矫正画面中垂直线条的汇聚（参见68页）。

　　由于这些功能特点，特殊镜头制造成本都很高。而市场上对它们的需求量并不大，一般特殊镜头的价格往往都比较贵。不过这里有一个例外，那就是折反镜头。折反镜头要比一般的远摄镜头便宜，原因是折反本身就是一种折衷方案，比较来看，它的功能要比一般的远摄镜头受到的局限更大。因此，折反镜头在近些年已经逐渐退出了市场。

　　特殊镜头很好地扩展了你的数码单反相机的拍摄能力。下面的内容用来帮助你选择哪些特殊镜头。

镜头宝贝（lensbaby）

　　镜头宝贝不是滤镜，也不是常见的镜头。就像单反镜头一样，它们也可以安装在机身上，镜头利用不固定的光轴去创造不同的效果，让用户可随意控制画面中清晰与模糊的部分，这种效果有些像使用了柔光镜，令拍摄变得更为有趣。

∧ 油菜花

　　鱼眼镜头那极端广阔的视野在特殊镜头中是独一无二的。特殊镜头有很多种，它们用来扩展摄影者的潜能，这是传统镜头做不到的。

尼康D300机身，4.5毫米鱼眼镜头，ISO100，曝光时间1/40秒，光圈值f/18，三脚架

鱼眼镜头

对于鱼眼镜头，有两种极端的态度，要么是喜欢得不得了，要么是讨厌得不得了。真正的鱼眼镜头视角应该不小于180度。这个度数通常是指对角线两端的夹角，但还有一些鱼眼镜头能够达到全方位180度的视角，它们在取景器中呈现了圆形的画面影像

鱼眼镜头这个名字的由来是因为鱼的眼睛向上看时可以看到整个半球之内的东西，也就是它的眼睛的视野范围达到了180度。第一幅鱼眼照片是用小孔成像相机拍摄的，水就起到了镜头的作用，最初的鱼眼镜头是为科研设计的，这是因为，有了180度的覆盖范围，在一幅画面中就可以拍摄到整个天空。这使得鱼眼镜头成为了天文和气象研究的理想工具，不过由于它们那独特的透视特点和无处不在的桶形畸变，也受到不少有创意的摄影者的喜爱。

鱼眼镜头有两种类型，一种成像为圆形，另一种像其它镜头一样，成像充满画面。使用圆形鱼眼头，180度的视角在长方形的影像传感器上投射出圆形的影像。然而，随着鱼眼镜头在日常摄影中越来越普及，镜头制造商开始增大了鱼眼镜头的成像圈，使成像圈覆盖了整个成像画面。这种"全幅"型的鱼眼镜头意味着浪费的画面空间更少，目前大部分鱼眼镜头都是"全幅"设计。由于它们的特性，鱼眼镜头拍摄的画面呈现了渐进的变形，越靠外围变形越大，这种桶形畸变的几何角度也各有不同，大多数变形都是等距的，也就是说从画面中心向外围发散距离是均等的。

作为专用型镜头，它的市场销量并不大，结果就导致它们的价格并不便宜。佳能、尼康、适马都生产了各种类型的鱼眼镜头，不过只有俄罗斯制造的Peleng 8毫米鱼眼价格足够实惠。

如果你对鱼眼镜头的效果还有所怀疑，那么不如亲自去试试用这种极端的焦距来观望一下眼前的世界。它具备让人神魂颠倒的魔力。还有那种特有的透视感可以让任何被摄体呈现奇特的效果。当用鱼眼镜头拍摄时，你需要做的只是用你那有创造力的眼睛

∧ 春白菊

用鱼眼镜头可以创造出引人注目的效果。在这幅图片中，我趴在地上仰视拍摄这些春白菊，以蓝天作为背景，这种感觉就好像一只小虫子趴在地上看这个世界。

尼康D300机身，适马4.5毫米鱼眼镜头，ISO100，曝光时间1/400秒，光圈值f/14，手持拍摄

镜头小贴士

使用鱼眼镜头时，画面周围大面积的暗角有可能会导致相机测光产生偏差，一般来说会让曝光过度，画面变亮。这时最好使用中央重点测光或者点测光的方式。

换个角度来看这个世界。180度的广阔视角涵盖的视野非常大，包含了大量环境关系，因此对于环境人像拍摄，也是个不错的工具。如果距离被摄体非常近的话，那么镜头产生的桶形畸变会更大。在小光圈下，鱼眼镜头景深范围相当大，只需要距离被摄体几厘米远，那么整个画面都能保持不错的清晰度。这使各种创意摄影成为可能，摄影者可以利用鱼眼镜头来拍摄那些有趣的效果，或者把镜头距离主体很近来突出它。比如说建筑会出现向内弯曲的效果，或者人和动物的头部看起来会和身体完全不成比例。一开始可能这种效果带来的好处不够明显，但实际上效果是非常

∧ **鱼眼镜头**

鱼眼镜头有很多种类型。第一只专为APS-C型数码单反相机设计的鱼眼镜头是适马公司制造的4.5毫米焦距圆形鱼眼镜头。

镜头小贴士

在鱼眼镜头上无法安装普通滤镜，很多镜头在其尾部设计了明胶滤镜架。不过鱼眼镜头还是无法安装中灰渐变滤镜，所以在使用鱼眼镜头时想实现平衡的曝光是不可能的。

∧ **海边小屋**

在使用鱼眼镜头拍摄时要注意，不要让自己的影子进入画面当中，其次，由于视角实在太大了，想不把太阳包含在画面内不见得太容易，所以光斑也许会带来麻烦。不过有时也可以利用光斑，让它成为画面的一部分。

尼康D300机身，适马4.5毫米鱼眼镜头，ISO100，曝光时间1/400秒，光圈值f/14，手持拍摄

吸引人的。用鱼眼镜头拍摄可以说是充满挑战的事。在这种极端的视角下，尤其是清晨或傍晚，你自己的影子都可能包含在画面之内，有时这种画面看起来很诡异。另外，还要注意不要让你的鞋子或者三脚架的腿出现在画面中。这听起来不值得一提，但实际上这种事经常发生。在拍摄之前一定要仔细思考。使用鱼眼镜头拍摄不能过于匆忙，你应该慎重地安排画面中出现的各个元素。

在做出购买决定之前，你需要确定你会经常使用鱼眼镜头。如果只是对这种新奇的效果保持一阵的热度，那么这笔钱花的未免太不值得了，要知道，鱼眼镜头的效果并不适合每一个人。虽然它具备很好的创作潜力，而且用起来也很有意思。

微距镜头

微距镜头被设计用于实现近距离拍摄。镜头结构中含有高倍近摄矫正镜片,在1:1的放大倍率下也能提供完美的成像。一般镜头的最高解像度和最高反差是焦点在无限远时表现出来的,但微距镜头刚好相反,它的最高解像度和最高反差是焦点在近距离时表现出来的,这样使得微距镜头夸张地表现出我们周围的微观世界。同时,微距镜头也可以用于我们的常规拍摄,比如在拍摄人像方面,微距镜头也有用武之地。

严格来说,只有放大倍率达到1:1或以上的镜头才能真正叫做微距镜头。1:1的放大倍率是指物体在影像传感器上成像的大小和真实大小基本相等。如今,微距这个词可以用来笼统定义那些近摄影像。其实从技术的角度来讲不够准确。

用于近距离摄影的微距镜头进行了光学上的优化设计。在最近对焦距离处,能拍摄出1:1的放大倍率,虽然用标准镜头加上近摄接圈或近摄皮腔也可以达到这个倍率,但显然要比微距镜头麻烦很多,而且操作起来也比较困难。

⌃ 微距镜头

微距镜头有几个不同的焦距长度,但都能达到最大1:1的放大倍率。像佳能制造的EF-S 60毫米焦距的短焦微距镜头,非常小巧,而且相对来说很轻,手持拍摄完全没有问题。

放大倍率

放大倍率是一个术语,用来描述被摄体真实的大小和它在影像传感器上成像的大小对比关系,并不是指被摄体在屏幕上或打印出来放大了多少倍。比如说,如果一个物体宽度为40毫米,而呈现在影像传感器上的大小为10毫米,那么放大倍率为1:4。同样的物体,如果在影像传感器上的大小为20毫米,那么放大倍率则为1:2。要是两个数值完全相等,那么放大倍率为1:1。目前大部分微距镜头不需要使用任何附件,都可以实现1:1的放大倍率。

大多数微距镜头都是定焦,范围从50毫米到200毫米,最大光圈一般为f/2.8,焦距的长短并不影响放大倍率。50-70毫米范围的短焦距微距镜头优点是轻便,小巧,手持拍摄很舒适,比较适合拍摄像花朵或静物这样的静态被摄体。不过它们的最近对焦距离都比较短,也就是说,镜头的前端镜片很接近被摄体。这在拍摄像昆虫这类比较容易受到惊吓的生物时就会出现问题,可能你还没有对焦,它们就跑掉了。而且距离被摄体太近也会带来光线方面的问题,你的身体可能会妨碍光线照射到被摄体。

通常摄影者最喜欢100毫米焦距的微距镜头。它可以让他们在更远的距离下以最高的放大倍率拍摄微观世界。有了足够的距离，还可以方便地使用各种闪光灯或反光板。另外，在100毫米焦距的远摄镜头下，视角很窄，画面的范围就相对小了很多，加上长焦距镜头良好的透视表现，让主体很自然地和背景分离开。

不过，长焦微距镜头并不是没有缺点，它们往往都很笨重，手持拍摄也没有短焦微距镜头舒适。在选择微距镜头之前，首先你应该明确你平时经常拍摄的对象。105毫米焦距的微距镜头可以适应的题材往往更多些。

和其它的特殊镜头一样，微距镜头也不便宜，要是你很喜欢近距离摄影的话，微距镜头是一项不错的长远投资。

镜头小贴士

虽然有些标准镜头也标称"微距"，其实这也仅仅是说它具备了近摄功能。一般来说最大放大倍率大约是在1：4左右。可别错把它们当做真正的微距镜头。

∧ 蓝蝴蝶

想要把类似这只小蝴蝶大小的物体充满整个画面，微距镜头无疑是最佳的选择。它具备优秀的成像质量，而且简便易用。

尼康D300机身，适马150毫米微距镜头，ISO100，曝光时间1/8秒，光圈值 f/20，三脚架

微距被摄体

　　微距镜头在近距离摄影进行了光学上的优化设计。真正的微距镜头放大倍率应该达到1:1，是指物体在影像传感器上成像的大小和真实大小基本相等。这种近距离对焦能力使得它成为花卉、静物和医学摄影的首选。但是，微距镜头的焦距长度意味着它们也同样适合于其它一些拍摄题材。因此，微距镜头对于任何一个摄影者的镜头系统来说都是良好的补充。它们通常用来拍摄大自然和人像。

∧ 青蛙

　　如果想要拍摄那些小型野生生物，像昆虫、两栖类或爬行类动物，建议去买一只专业微距镜头。在近距离拍摄时，它会带来无可比拟的便利和极高的成像质量。

尼康D300机身，适马150毫米微距镜头，ISO200，曝光时间1/320秒，光圈值f/4，手持拍摄

近摄野生动物

通常，拍摄野生动物时，你需要迅速而有效地工作。这就是自然摄影师选择微距镜头的原因。一旦镜头安装在相机上，就说明你已经准备好开始拍摄了，不需要那些近摄附件也能达到最大倍率的放大水平。这样你就避免了手忙脚乱。短焦微距镜头小巧、轻便，在需要的时候可以舒适地手持拍摄，这对于那些胆小的飞行生物来说尤其有效，如果架在三脚架上，灵活度必然受到局限。俗话说，微距无弱旅，指的是所有的微距镜头光学素质都十分优秀。近摄滤镜（参见134页）是无法和微距镜头相比的。另外，长焦微距镜头的工作距离很大，可以避免在拍摄时打扰到野生动物，当然这样的安全距离还会避免它们"打扰"到你。就个人来说，我比较喜欢使用150毫米焦距的远摄微距镜头。虽然它的体型和重量需要支撑物才能确保拍摄成功，但远摄镜头那较窄的视角可以有效地将野生动物周围单调的植物虚化掉，这在拍摄蝴蝶、青蛙或爬行类动物时很有用处。接近那些微小的动物时，要注意动作放慢，不要触碰到它们周围的植物，否则可能会让这些动物受惊逃跑。还要小心你的影子，这都可能惊吓到它们。

肖像摄影利器

由于微距镜头的近距离对焦能力和高倍的放大倍率，我们往往会用它拍摄近距离的被摄体。其实，微距镜头也适合一般性摄影题材，比如100毫米焦距镜头在人像拍摄方面也广受欢迎。对于人像摄影师来说，这个焦距长度能实现非常理想的工作距离，不会太近而产生压迫感。使用短焦距镜头会让摄影者距离模特更近，这样就可能侵犯到模特的个人空间，他会不够放松，因此你拍摄到的画面也不够自然。使用70–135毫米焦距这样的中距离远摄镜头拍摄人像还有另

镜头小贴士

尝试将相机放置在与被摄体平行的位置，不要仰视或俯视，这样在一定的光圈下，能获得最大的景深。

一个优势，那就是透视关系，模特在画面中会看起来很舒服自然。除此之外，微距镜头的最大光圈通常可以达到f/2.8或f/4。取景器比较明亮，方便了对焦和构图。而且一般来说，拍摄人像没必要使用微距功能，因此在大光圈下拍摄，手持拍摄成功率更高，也更灵活。拍摄人像使用超过100毫米焦距的远摄镜头就不够实用，因为距离被摄体太远可能会影响交流。

∧ Evie

虽然微距镜头是专门为了近距离摄影设计的，它们也可以像其它常规镜头那样拍摄很多题材。70–100毫米这样的中焦微距镜头拍摄的人像都很美观耐看。

尼康D300机身，适马105毫米镜头，ISO400，曝光时间1/180秒，光圈值f/4，使用闪光灯，手持拍摄

移轴镜头

常规镜头的光轴是固定不变的，垂直于影像传感器平面（焦平面）。因此，如果你向上或向下倾斜相机，被摄体就会变形。这种变形具体表现为垂直线向内侧汇聚，比如在拍摄建筑时最为常见。导致这种变形的根本原因是相机的焦平面没有和被摄体平面平行。移轴镜头——也称为透视控制镜头——被设计用来纠正这种问题。在建筑摄影领域，移轴镜头是必需品，在其它摄影领域，移轴镜头也有它的用途。

透视控制

移轴镜头模仿了大画幅技术型相机可以向上和向下移动等特点，很多主流厂商的产品线中都至少包含了不少于一只的移轴镜头。摄影者利用移轴这一特点改变了焦平面，控制了景深，还可以在拍摄建筑时矫正垂直线的汇聚问题（参见68页）。我们最常见到的移轴镜头焦距大多为45毫米。通常被摄体的变形是不能被接受的，尤其是建筑摄影师，他们会想方设法矫正

这种问题。广告和风光摄影师也同样可以利用移轴镜头的特点拍摄出别有韵味的画面。

移轴镜头能使光轴进行两种移动：倾斜和偏移。倾斜能够改变焦平面的方向，这样在画面中会有一部分区域是清晰的，而其余部分则脱离了焦点。偏移是让镜头沿着和焦平面平行的方向移动，用来矫正透视，消除平行线的汇聚问题。

沙姆定律

沙姆定律是用来描述当镜头平面和成像平面不平行时的一种几何定律，通常只有技术型相机或者移轴镜头适用。

正常情况下，镜头平面和相机的成像平面是平行的，而被摄体平面和镜头平面以及成像平面也是平行的。如果一个平面的物体，比如建筑物的一个面，也和成像平面平行的话，那么整个物体可以被清晰地记录。但是，如果被摄体平面并没有和成像平面平行，那么清晰的范围则有限。当通过被摄物平面、成像平面和镜头平面画延长线，则三线交汇于一点，即三个面相交于一条直线时，从近到远的景物都能够清晰成像，甚至在全开光圈时也

是如此。三个平面的这种汇聚关系也称作沙姆弗拉格定律，这是由瑟奥多·沙姆弗拉格（Theodar Scheimpflug）发现的一种方法，用来校正航空摄影中的透视畸变。

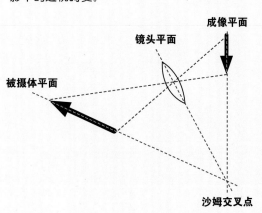

∧ 移轴镜头

数码单反相机的影像传感器所拍摄到的画面其实只是镜头成像圈中心区域的长方形剪切部分。所谓成像圈，就是通过镜头的光线可成像的圆形范围，其直径要大于影像传感器的对角线长度。移轴镜头的成像圈比普通镜头要大。这样，即使进行倾斜与偏移操作，也能保证画面在成像圈内。

倾　斜

移轴镜头的倾斜功能可以让摄影者将清晰的焦平面倾斜，以使这个平面不再垂直于镜头的光轴上。这样会产生楔子形状的景深效果，宽度随着距离而改变。因此，倾斜并不会真正增加景深，它只能让摄影者调整位置以更好地表现被摄体。

通过镜头倾斜的控制，即便是被摄物平面与成像平面平行，也可以得到一部分清晰而一部分模糊的影像，而普通镜头也就只能拍到全部清晰的影像了，甚至通过调整被摄物平面与成像平面间的夹角，可获得景深极浅的效果。

镜头小贴士

移轴镜头非常适合全景摄影，可以把多幅照片合成在一起。和传统镜头不同，移轴镜头的优势是不需要移动镜头的中心点，也因此避免了前景被摄体出现视差。

偏　移

当被摄体平面和成像平面平行时，任何被摄体上的平行线都会在最终影像上保持平行。但是，如果成像平面没能和被摄体平面平行的话，比如说仰视拍摄一座很高的建筑物，那么平行线就会产生汇聚效果，被摄体就会显得很不自然。镜头偏移功能可以保持焦平面和被摄体平面平行，从而让这种平行线的汇聚效果得到纠正。通常情况下，这种设计主要应用于建筑摄影，用来保持建筑物两侧不产生透视变形。移轴镜头也可以向相反的方向偏移，这样则能有意地夸大这种平行线的汇聚。

移轴镜头的成像圈要比同等焦距镜头大。普通镜头的成像圈紧挨着画面的四角，而移轴镜头的成像圈要大许多。这样才能保证即使移轴操作时影像传感器也在成像圈内。移轴镜头在不进行倾斜与偏移操作时，由于使用大成像圈的中心部分，因此光学性能不会下降，具有同定焦镜头一样的高光学性能。

折反镜头

折反镜头的目标群体是那些需要长焦镜头却又承受不了远摄定焦镜头昂贵价格的摄影者。折反镜头由透镜组和反光镜组成，工作原理类似于反射式望远镜。位于内部的反光镜将光路对折，这样相对于传统镜头来说，折反镜头就可以设计得更短，更轻便，当然也就更便宜。大多数折反镜头焦距范围都在500毫米以上，最大光圈值为f/5.6或f/8。由于今天许多普通远摄镜头价低质优，口碑已经相当不错，折反镜头的优势越发地不明显，流行度在逐渐下降。目前，主流厂商中只有索尼一家还在制造折反镜头。不过，在Ebay网这样的网站上你仍然可以以很低廉的价格购买到折反镜头，对于远距离摄影，这还是很经济的方式。

折反镜头的设计结构中使用了玻璃透镜和反光镜两种组合。这种结构被命名为反射兼折射光学系统，在摄影镜头中应用的这种技术和天文学中的技术很相似。入射光线被一片位于镜头末端的反光镜反射后，光线会通向位于镜头前端的第二块反光镜。接下来光线被再次反射，通过一片矫正镜片后，到达影像传感器。这就是折反镜头的工作原理。这样的设计具有明显的优势，因为玻璃镜片的数量少了很多，色差（参见59页）也就相应地减小。另外，由于光路是被反光镜"对折"，折反镜头可以做到更紧凑、小巧。同样焦距的普通远摄镜头通常要在镜身中安装大约20片镜片。这样的话，镜身的长度差不多就相当于镜头的焦距长度了。

虽然折反镜头个头短，重量相对更轻，便于存放和运输，但位于镜头尾部的反光镜直径却很大，所以导致了折反镜头腰身十分粗壮。此外，折反镜头还无法调节光圈孔径，也就是说，它的光圈是固定不变的，通常都是f/8。你可以想象，这必然阻碍了对曝光控制的灵活度。你只能通过调节快门速度或者使用中灰滤镜来控制进入影像传感器的光量。还有，这个固定光圈相对来说很小，想要捕捉到快速运动物体就格外困难，比如说拍摄野生动物和体育比赛就很难使用折反镜头，除非是在光照相当充足的条件下。

折反镜头的一个主要特点是它能产生圆环状的焦外成像。这是由于在镜头前端安装了第二块反光镜的原因，它阻挡住光路中的某些部分，然后在焦外成像，尤其是把那些光亮的部分转换为小的圆环。虽然说有时候背景中那些模糊的小圆环看起来挺特别的，不过多数时候，它们都会分散观看者的注意力，这是我们不希望看到的。在光学质量上，折反镜头的锐度只能说一般，反差也不够大。因此，在远摄镜头的选择上，折反镜头的确很便宜，也很好玩，但缺乏对景深的控制以及并不突出的成像质量极大地限制了它们的实用性和吸引力。

▼ 折反镜头

10-15年之前，几乎所有的镜头制造商的产品目录中都至少有一只折反镜头，而今天，折反镜头已经远远不如先前那样流行。市场上还可以找到一些独立镜头厂商的产品，像韩国的三阳（Samyang）。当然，在二手镜头网站上也有不少折反镜头出售。

折反镜头的设计

折反镜头并没有仅仅使用玻璃镜片组来产生焦距长度，而是通过"折叠"光路。这样，镜头的大小和重量都可以减少，而保持很长的焦距值。比如500毫米，1000毫米。这幅图展现了折反镜头的工作原理。

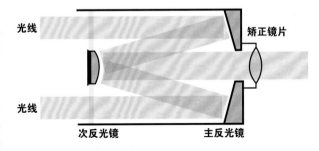

光线

矫正镜片

光线

次反光镜

主反光镜

⟨ ∧ 折反镜头

折反镜头的一个主要特点是它可以把背景中高亮的部分表现为光环状。这种类型的光环标志着是由折反镜头拍摄的。

佳能 EOS 5D Mark机身，500毫米折反镜头，ISO200，曝光时间1/250秒，光圈值f/8，三脚架

第7章 附件

有了镜头附件的协助，镜头创造力得以更好地发挥。下面几种镜头附件是最常见，也是最有用的。首先是增距镜，它用来增加镜头焦距；近摄接圈、皮腔和镜头转接环功能相同，都是为了获得近摄功能，获得更大的放大倍率；遮光罩、防雨罩和百折布用来保护昂贵的器材。

附　件

遮光罩是我们最熟知且常用的摄影附件，它用来防止镜头产生光斑。除此之外，还有很多方便的附件可供选择。在市场上，可以买到各式各样的镜头保护袋，保护筒和专用防水雨衣，这些附件能帮助你保护昂贵的设备。下面我们来看看一些最实用的附件。

遮光罩

遮光罩通常由塑料、金属或橡胶制成，通过接环安装在镜头的前端。遮光罩的作用是阻挡那些非成像光线进入镜头，这些光线会降低反差，产生不必要的光斑。当我们在户外拍摄那些从背后照亮的被摄体或者是某一特定方向光线下的图片时，遮光罩的作用尤其明显。大部分新款镜头都和专用遮光罩一并出售。根据镜头和焦距长度，它们形态各异。最常见的是那种微微向外张开、灯罩形状的遮光罩，大约8-20厘米长，为远摄镜头设计的遮光罩则要长一些。由于远摄镜头的视角有限，遮光罩即便做得很长，也不会遮挡到画面。但是，短焦距镜头，无论是定焦还是变焦，却需要更小且复杂的设计。标准的圆柱形遮光罩会对视野范围有遮挡，从而产生暗角（参见69页）。所以在短焦距镜头上，花瓣形遮光罩是最常见的设计。这种遮光罩需要正确的安装，才能在不产生画面遮挡的情况下有效地防止不必要的光线进入。遮光罩还需要设计成既能正向又能反向安装，这样在不使用时，可以反扣在镜头上，而不需要额外的存放空间。另外，遮光罩还需要为前组镜片提供一定的保护，防止雨雪和意外损坏。

◀ 遮光罩

遮光罩是使用频率很高的摄影附件，它可以帮助减少光斑，以及对前组镜片提供保护。大多数新型镜头都搭配着专用遮光罩一并出售。当然也可以另行购买。

防雨罩

在户外摄影师眼中，防雨罩是最有用的附件之一。虽然防雨罩并不是什么复杂的装备，不过在恶劣或多变的天气状况下，绝对可以派上大用场。有些时候，尽管下着小雨，可你并不打算收起相机放弃拍摄的机会，防雨罩此时可以帮到你。防雨罩也有好多不同的设计样式，但功能一样，都是防止相机和镜头被雨水淋湿。OP-TECH牌子的防雨罩设计先进，取景器部分可以打开，和大多数相机的取景器相匹配，这样就不必透过塑料布来观察画面。而且，这样的防雨罩价格并不高。透过半透明的塑料防雨罩，你可以轻松地辨别和操作相机和镜头上的控制按键，防雨罩的前口处设置有拉绳，来调节长度和大小，最大可以放置直径17.8厘米长度45.7厘米的镜头。Kata生产的防雨罩更加专业，材质坚固耐用，它可以在多变的天气中快速罩住相机并使用调整器与拉绳完成密封。而其底部的密合设计更可让机身与三脚架的连接处滴水不透，且安装后依然能手持拍摄，确保摄影工作不间断地进行。Kata防雨罩有各种不同的尺寸，以适合不同长度的镜头。如果你是一个户外摄影爱好者，而且经常在多变的天气条件下工作，防雨罩是一个不错的投资。在雨天，它能够有效地保护你的设备不受到损坏。

镜头筒

虽然相机包中的隔板和衬垫已经为相机和镜头提供了周到的保护，减缓日常使用时的磕碰和震荡，不过很多摄影师依然选择在相机包中再单独放置镜头筒来保护他们昂贵的器材。尽管这会占用摄影包更多的空间，却能更加地安全，并且这样还能减少温度

∨ 防雨罩

一些防雨罩构造简易，价格便宜，用完即可丢弃。而有些防雨罩虽然价格高一些，而做工非常精致，经久耐用。Kata生产的防雨罩能给相机和镜头提供完美的保护。

∧ 遮光罩

遮光罩具有保护镜头的功能，但它最主要的设计目的是减少光斑。上面这组图片中，我拍摄了两幅兰花的图片。在逆光时，画面会受到光斑影响。你可以看到，没有遮光罩的情况下，整个画面的反差下降了。安装遮光罩后，能够真实地还原画面中的色彩。

尼康D700机身，80-400毫米镜头（位于400毫米焦段），ISO 100，曝光时间1/640秒，光圈值f/5.6，使用豆袋拍摄

的变化，避免在不使用时产生雾气。多数镜头筒都设有锁扣和肩带，很方便就能打开，这样换镜头也就方便了不少。有些镜头筒还配有防雨罩，或者直接用防雨材料制成。厚厚的泡沫衬垫能为镜头提供最好的保护。Exped、Lowepro（乐摄宝）、Tamrac（天域）和Zing这些都是市面上不错的品牌。

百折布

百折布通常由橡胶织物制成，可以紧紧地包裹住镜头以提供进一步的保护功能。虽然它的保护功能无法和泡沫衬垫制成的镜头筒相比，但百折布却更加轻便，而且占用的空间也较少。因此，旅行摄影师更加喜爱它们。同样，百折布也有不同的尺寸来匹配不同的镜头长度。

∨ 百折布

Novoflex（路华仕）是生产百折布的制造商之一，百折布紧紧地包裹住镜头来提供进一步的保护功能，缓解碰撞带来的冲击。

近摄接圈

连接相机和镜头之间的空心圆环叫做近摄接圈，近摄接圈增强了镜头近距离拍摄的能力，能够有效地增加镜头的放大倍率。近摄接圈是微距摄影非常理想的附件。

近摄接圈是除了专业微距镜头（参见110页）之外很好的微距摄影选择，价格便宜，效果却非常优秀。因为在近摄接圈中，完全没有镜片参与成像，所以它并不像近摄滤镜那样会降低图像的质量。常见的近摄接圈长度分为12毫米、25毫米和36毫米三种，它们可以单独使用，也可以组合起来使用以产生不同的放大倍率。近摄接圈的原理是：通过加大相机影像传感器和镜头之间的距离，缩短镜头的最近对焦距离。一只焦距为50毫米的标准镜头搭配25毫米的近摄接圈会产生1：2的像物比，而如果是100毫米焦距的镜头，那么像物比则减小为1：4。为了能够实现像物比1：1的放大倍率，近摄接圈的长度应该等同于焦距长度。而在长焦距镜头上，这几乎是不可能实现的。因此，如果你想要达到高倍的放大倍率，最好选用短焦距镜头，也就是不超过70毫米焦距。需要注意的是，这时相机与被摄体之间的工作距离也会变得非常短，不利于拍摄那些胆小害羞的野生动物。

由于重量轻，体积小巧，近摄接圈很便于携带。然而，它们会减少进入镜头的光量。在这方面，相机的TTL测光表会自动加以补偿，但快门速度在相同的ISO感光度下会自动延长。另外，近摄接圈还会导致一些相机的自动功能失效，如自动对焦和某些相机的自动测光功能。因此，在购买之前请先弄清楚近摄接圈的兼容性问题。佳能、尼康，还有像肯高这样的第三方厂商都提供近摄接圈供大家选择，它们让我们以低廉投入来享受微距摄影带来的无限乐趣。

∧ 毛地黄

当你拍摄花朵，打算把主体和杂乱的背景分离开来的时候，近摄接圈还能用来减少长焦距远摄镜头的最近对焦距离。使用近摄接圈后，我们可以在相对靠近被摄体的情况下来拍摄。

尼康D300机身，80–400毫米镜头（位于400毫米焦段），ISO200，曝光时间1/80秒，光圈值f/8，尼康PK–13近摄接圈，三脚架

∧ 近摄接圈

肯高是生产近摄接圈的厂商之一。它生产了12毫米、20毫米、36毫米三种规格的产品。它们可以单独或搭配使用，新型的近摄接圈安装了连接电路，兼容最新的数码单反相机。

近摄皮腔

近摄皮腔的工作原理和近摄接圈类似，都是增大镜头到影像传感器之间的距离来实现更近距离的对焦。尽管近摄皮腔那种手风琴式设计已经有些过时了，但其实它比接圈更加复杂精密，在一定的范围之内都可以任意调节放大倍率。

近摄皮腔是最有效、精确的微距摄影附件之一。在镜头和影像传感器之间，皮腔构成了一个灵活柔软的暗室，镜头可以通过前后移动来精确地实现放大倍率的改变。近摄皮腔不会影响到镜头的成像素质，因为其中同样没有任何镜片参与成像。在皮腔的末端是相机的接口，前端则连接了镜头。

多数先进的近摄皮腔都安装有机械滑轨，来辅助定位和对焦。通过延长皮腔，使放大倍率增加。然而，和使用近摄接圈类似，放大倍率越高，光线会损失的越多。它的体积和重量也是个问题，在室内摄影工作室操作近摄皮腔要比户外实际一些。需要再次强调的是，在

镜头小贴士

在较高的放大倍率下拍摄时，即便是很小的移动都会被夸大。这通常会导致机震或者影像模糊。因此进行微距摄影时，如果可能，应尽量利用三脚架完成拍摄。

较高放大倍率下，进入镜头的光线会大量损失，而且景深也会变得非常小，精确地对焦此时格外重要。

近摄皮腔在放大倍率上能够超过一般的微距镜头，甚至可以和一些显微镜头来媲美。不过，由于近摄皮腔算是专业的微距摄影附件，因此也价格昂贵。德国的路华仕是最著名的近摄皮腔制造商之一，它生产的自动近摄皮腔能够兼容最新型的数码单反相机。

∧ 路华仕近摄皮腔

皮腔这种设计有时会让拍摄增加难度，但是它的近摄能力却可以超过一般的微距镜头。近摄皮腔是有效而且精准的摄影附件，在摄影工作室中，近摄皮腔是理想的微距摄影工具。

倒置接环

我们可以通过倒置接环反向安装镜头，于是镜头可以在非常近的距离内对焦。这样就能够达到高倍的放大倍率。但是，随着专业微距镜头的价格逐渐降低，倒置镜头来实现微距摄影的方法，用的人已经越来越少了。

倒置接环是非常便宜的近摄附件。接环的一面是镜头卡口，一面是螺丝口，这样反向连接镜头到机身上实现近摄。倒置接环有各种各样的镜头卡口和螺丝口规格，在购买之前，要首先确定卡口和机身的兼容性和你要连接的镜头螺丝口规格。

倒置镜头用来进行微距拍摄时，根据镜头的不同，还能完成高倍的放大倍率。最好选用短焦距定焦镜头来倒置拍摄，如果使用变焦镜头的话，对焦和成像锐度方面都会成问题。如果使用特别短焦距的镜头，还会出现暗角效果（参见69页），因此，我建议使用50毫米焦距镜头来进行倒置拍摄。

虽然这些接环在价格上非常吸引人，但它们都有一个最重要的缺点。廉价的接环往往都无法实现镜头的自动测光和自动对焦功能，有些镜头则需要另外的

∧ 蜘蛛剪影
摄影者通过倒置接环可以在不影响成像质量的前提下获得较高的放大倍率。虽然使用时被摄体到相机的工作距离很短，可能会有些不方便，但倒置接环仍是一种性价比很高的近摄附件。

尼康D300机身，50毫米镜头，倒置接环，ISO100，曝光时间1/400秒，光圈值f/7.1，三脚架

增距镜

　　小巧、轻便并且相对便宜的增距镜是非常有效的镜头附件，在现有镜头不变的基础上，它带给你的将是优越的灵活性。

适配器来保持光圈开启，因此在购买这些附件前，一定要确定它们和机身及镜头的兼容性。而像路华仕这样的专业制造商提供的倒置接环保留了相机的许多自动功能。虽然价格不菲，却能在2倍像物比的放大倍率时实现卓越的成像品质。

增距镜

　　增距镜是一系列镜片的组合体，并不是真正的镜头。安装在镜头和机身之间，以增加镜头的焦距。我们常见的增距镜有两种规格：2倍和1.4倍。增距镜体积都不大，在任何摄影包中都不会成为负担，但却增加了整个系统的拍摄能力和功能性。

　　正如我们所知，在很多领域中，增距镜都能派上用场。镜头的焦距增加，可以让摄影师在更远的距离拍摄被摄体，尤其是在拍摄胆小害羞的野生动物时，或者是在体育摄影中，无法实现近距离拍摄时。增距镜小巧、轻便，价格合理，所以它们对数码单反相机用户的吸引力是显而易见的。

　　很多制造商都生产各种各样的增距镜，但是这里我强烈推荐去购买和镜头品牌相同的增距镜，这样才能保证最好地发挥镜头的功能和光学素质。比如说，佳能镜头应该匹配佳能自己的两种增距镜：EF1.4X Ⅱ或者是EF 2X Ⅱ。我始终在相机包中带着一只增距镜，因为你永远都无法预知什么时候你需要增加放大倍

⋀ 远处的灯塔

　　我几乎总是随身带着增距镜，这是一种有效增加摄影系统灵活性的好方法。这幅图片中，我选择附加1.4倍的增距镜来拍摄灯塔的剪影画面，灯塔看起来要比不使用增距镜大了很多。

尼康D300机身，100~300毫米镜头（位于300毫米焦段），1.4倍增距镜，ISO200，曝光时间8秒，光圈值f/11，三脚架

率。当然，增距镜也并不是没有缺点。首先，在镜头和机身之间外加了镜片组，必然会影响成像质量。通常这种影响可以忽略不计，但最好还是去购买你能够买得起的最好的增距镜。其次，增距镜会吸收一定的光线，1.4X增距镜会减少一级的进光量，2X增距镜则会减少两级。所以在实际拍摄时，一只最大光圈值为f/5.6的远摄镜头，安装1.4X增距镜后，实际的最大光圈值就变为f/8。单反相机的TTL测光会自动做出补偿，在ISO感光度不变的条件下，快门速度必然会变慢。尽管如此，增距镜仍然是一项很值得的投资，有时候会帮你完成看似不可能完成的任务。

镜头小贴士

　　由于设计上的因素，有些镜头和增距镜无法兼容，购买前一定要确定它们是否能搭配使用，可以的话，最好能亲自试试。

第8章 滤镜

< 尽管今天先进的影像后期处理软件已经非常成熟，功能强大，但传统滤镜依然在校正和增效方面起着重要作用。没有任何镜头附件拥有滤镜这样的效果，尤其是偏振镜或中灰滤镜。滤镜在风光摄影中的作用尤其突出，但其实所有类型的摄影都可以使用滤镜。另外，近摄滤镜也是一种优秀而且经济实惠的近摄方式。

滤　镜

即使在今天这个数码摄影时代,滤镜仍然是一种重要的摄影附件。虽然确实很多滤镜效果可以在后期通过软件处理来模仿,而且数码单反相机菜单中有白平衡设置,这样也就不需要暖光镜或者冷光镜来改变光线的色温,但一些其它的滤镜还在继续发挥着不可替代的作用,比如偏振镜(参见130页)、中灰滤镜(参见132页),还有渐变滤镜(参见132页),它们的效果是后期编辑软件无法模仿的,尤其是对于风光摄影师来说,这些滤镜完全是必备工具。

◀ 日落

滤镜仍然是使用最广泛的镜头附件。对于许多摄影师来说,滤镜都是必要的校正和创新工具。就我个人而言,我只用它们来增强效果,而不是刻意去改变画面。在这幅照片中,我使用偏振镜和渐变滤镜来拍摄晚霞中落日的余晖。

尼康D300机身, 12–24毫米镜头(位于14毫米焦段), ISO100, 曝光时间8秒, 光圈值f/22, 三脚架

安装在镜头前口的近摄滤镜(参见134页)就像一个放大镜一样起到近摄效果,不失为专业微距镜头之外的一个不错的选择。接下来的页面中会详细讲述滤镜系统以及如何使用滤镜来实现镜头的最佳效果。

滑入式滤镜还是旋入式滤镜

滤镜分为两种类型:旋入式和滑入式。旋入式滤镜为圆形,直接通过螺纹安装在镜头的前口上。滑入式滤镜则为长方形或正方形的玻璃或树脂镜片,通过

镜头小贴士

如果你不清楚一只镜头的滤镜规格,没关系,通常在镜身上和镜头盖内部都会标明。

一个滤镜托架固定在镜头的前口。根据滤镜的类型和场景需要不同,旋入式和滑入式各有其用。因此,许多摄影师都会搭配着选用两种类型的滤镜。

旋入式滤镜

大多数单反镜头的前口都有螺口,方便我们附加滤镜。例外的情况是有些超大口径镜头找不到同样规格的滤镜,另外,有些超广角镜头和鱼眼镜头(参见108页)也无法安装滤镜。这类专业镜头就需要在设计时考虑在镜头的后口处设置凝胶滤镜托架。

滤镜的螺口规格有很多种,根据镜头类型、焦距长度和镜头的速度(光圈)而有所区别。我们常见的规格为52毫米、58毫米、67毫米和77毫米。在购买旋入式滤镜之前一定要核对清楚镜头的前口直径长度。旋入式滤镜使用简便,通常质量也很好,不过也有一些缺点。比如,你有很多只镜头,它们的前口直径尺寸

用UV镜和天光镜来保护镜头

天光镜和UV镜都是圆形旋入式滤镜。它们是透明的，可以过滤掉阳光中的紫外线。我们肉眼无法看到的紫外线会降低画面的反差，使远景处呈现轻微的雾状。同时天光镜和UV镜还具有其它用途。很多摄影师用它们来保护镜头的前组镜片，防止灰尘、污垢和潮气进入，还能避免划伤和油腻的指纹接触到镜片。而这些危害都可能会影响到镜头的光学成像。清洁一片滤镜要比清洁表面多层镀膜的镜片安全多了；而且就算滤镜坏了，重新换一片也没有多少钱，可镜头就不一样了。很多摄影师干脆把天光镜或UV镜常年拧在镜头的前面。但如果你打算安装另一片滤镜或滤镜托架的话，就需要先把天光镜或UV镜拧下来。否则在使用短焦距镜头时，滤镜接环由于过厚可能会出现在画面中，导致暗角现象。

< UV镜和天光镜用来吸收紫外线，而更多的人用它们来保护镜头的前组镜片。

滑入式滤镜

滑入式滤镜分为正方形和长方形两种。滤镜托架中有2-3个卡槽（有些甚至可以定制），可以同时使用几片滤镜而不会有暗角的问题。而如果同时使用2-3个旋入式滤镜，它们就很有可能会遮挡住画面的四周。滤镜托架通过一个转接环固定在镜头的前口。转接环价格不高，还有很多种规格来匹配不同直径的镜头前口。因此，滑入式滤镜系统最主要的优点是：由于有了转接环，它能够兼容你的所有镜头。滤镜托架可以从转接环上迅速分离，然后再安装在另一只镜头上，很方便、实用。

经常使用中灰和渐变滤镜的人会发现滑入式滤镜具有相当好的便利性和功能性。常见的品牌有Lee,Cokin（高坚）和Kood。针对不同的需要，规格分为67毫米、84/85毫米和100毫米。购买时最好选择大规格的滤镜，因为小规格的适用性很差，它只能在小口径镜头上使用，而且在广角镜头上使用还会增加暗角出现的几率。

Ⓥ 滑入式滤镜系统

有了转接环的辅助，滤镜托架就可以在各种各样不同口径的镜头上使用。这样，一个多功能、高兼容性的滤镜系统就构建完成了。对于风光摄影师和常用滤镜的摄影者来说，Lee 100毫米滤镜系统就是一个非常值得的长远投资。

几乎不可能完全一样，这样滤镜的兼容性就出现了问题。你当然也可以为你每一只镜头购买单独的滤镜，但显然这样既增加了额外花费又增加了摄影包的重量。另一种选择是购买一套滤镜转接环，这样一片滤镜可以通用不同口径的镜头。然而，在现实中，最好只购买像偏振镜、UV/天光镜和近摄镜这类必要的旋入式滤镜。其它的需求用滑入式滤镜来完成。

偏振镜

偏振镜用来减少强反光和倒影，增强色彩的饱和度。这种效果后期软件几乎不可能做到。其它任何滤镜都无法对你的摄影作品起到如此大的改变。毫无疑问，偏振镜是户外摄影师的必备滤镜。

偏振镜的工作原理

光线是以波的形式传播的，波长决定了我们看到的颜色。光波在各个平面360度地传播。当接触到物体表面时，一部分波长被反射，一部分被吸收掉。这样就决定了物体表面的颜色。比如说蓝色的物体会反射蓝色波长的光线，而吸收其它波长的光线。同理，树叶看上去是绿色的，也是由于它吸收了其它颜色波长的光线。由于光线本身是一种电磁波，经反射和漫反射之后，某个方向的振动会减弱，从而产生偏振光，导致了光斑和反射现象，降低了被摄体表面的颜色密度。水面的反射光使我们拍摄不到水中的鱼，树叶表面的反射光使树叶变成白色，等等。晴空的蓝天在与太阳成90度的垂直方向散射的也是偏振光，它使蓝天变得不那么幽深。

偏振镜通过阻挡偏振光进入镜头、到达影像传感器，用来增加反差和提高色彩饱和度。它由一片薄薄的偏振材料制成，夹在两片圆形的光学玻璃中间。与其它滤镜不同，它的前部卡口可以旋转，这样可以改变偏振光的方向，由此改变通过滤光镜进入的偏振光量。偏振光传输的方向是不稳定的，但旋转偏振镜的同时在取景器中可以观察到实时的效果变化。这样，你会发现偏振光在画面中逐渐消失的过程，还有色彩强度的变化。不过，即便使用了偏振镜，有些物体表面的反光仍然存在，比如像抛光的金属或镀铬的盘子。金属表面反射的光线不是偏振光，偏振镜对其不起作用。

未用偏振镜　　使用偏振镜

∧ 麦田

偏振镜会增强色彩的饱和度，可以令天空显得湛蓝清澈。它还可以减少树叶的反光。一幅使用偏振镜的画面会有相当大的改变，变得鲜活生动。这两幅对比图展示了偏振镜的重要性。

尼康D700机身，12-24毫米镜头（位于14毫米焦段），ISO100，曝光时间2秒，光圈值f/20，偏振镜，三脚架

使用偏振镜

偏振镜都是旋入式滤镜。有两种类型供我们选择：线形偏振镜和圆形偏振镜。数码单反相机使用者需要购买的是圆形偏振镜。这是由于线形偏振镜的设计会影响到TTL测光系统的准确度。偏振镜有各种口径供选择，购买之前需要确定镜头前口的直径。

偏振镜最大的特点是它可以增加蓝色的饱和度，让蓝天看上去更蓝。这种效果的强弱程度取决于相机视角和太阳的角度。最适合

的角度是和太阳成大约90度，这样这片区域的偏振光是最多的。因此，想要达到最明显的效果，需要把相机放置在与太阳合适的角度上，这个角度称为"布鲁斯特角"（Brewster's angle）。虽然偏振镜可以增加色彩的饱和度，让天空看起来更蓝，但对充满云雾的天空几乎没有什么效果。

许多摄影师购买偏振镜的目的仅仅是为了增强蓝天的效果。实际上，偏振镜的用处还有很多。它可以减少树叶的反光，在拍摄乡村、树林、花园和近距离摄影时很有用处。除此之外，偏振镜还能减少甚至消除水面的反光。对于拍摄水下被摄体是再理想不过了，比如给水池中的鱼、珊瑚拍照。在我们拍摄现代化城市风光时，也会遇到玻璃反光的问题，同样，可以用偏振镜来消除。

镜头小贴士

偏振镜达到4倍滤光系数（参见135页），就相当于减少了两级进光量。因此，偏振镜也可以当做中灰滤镜（参见132页）来使用。

∧ 过度偏振效果

蓝天的高饱和度效果看起来的确很诱人，不过也有可能会过度，这样过度蓝的天空看起来极不真实，甚至看上去会显得昏暗。一定要记得，大多数良好的画面影调都没必要用最大偏振效果来实现，用好你的判断力。

尼康D300机身，24-85毫米镜头（位于40毫米焦段），ISO200，曝光时间1/80秒，光圈值f/11，偏振镜

> 牛眼雏菊

偏振镜下的蓝天为花朵、建筑物和人提供了完美的背景。

三星GX10机身，18-55毫米镜头（位于55毫米焦段），ISO200，曝光时间1/180秒，光圈值f/11，手持拍摄

中灰滤镜

中灰滤镜是最有用的滤镜形式之一，特别是对于风光摄影来说。顾名思义，中灰滤镜就是一片中性灰度的透明玻璃，用来吸收进入镜头的光量。最常使用的中灰滤镜有两种，一种是整块都起到减光作用的，叫做中灰密度滤镜；另一种是过渡地进行减光，叫做中灰渐变滤镜。使用中灰密度滤镜后，可以延长曝光时间，这样起到了使运动物体模糊化的效果。或者在大光圈下拍摄，由于光线过于强烈而出现曝光过度时，也可以用中灰密度滤镜来进行减光。中灰渐变滤镜简单来说就是一半透光，一半阻光，中间有一个过渡性区域，可以压暗上部天空的亮度，使作品明暗过渡柔和，能有效突出云彩的质感，是风光摄影的必备滤镜。

中灰密度滤镜

中灰密度滤镜吸收相同数量可见光谱中的色彩。这样，它只会改变画面的明暗程度，而不会对色彩有任何影响。中灰密度滤镜有旋入式和滑入式两种类型，还分为不同级别的密度。密度值在滤镜或接圈上都有标注，看起来越暗的说明阻挡光线的能力越强。密度为0.1的中灰密度滤镜代表着1/3级光量被吸收掉。常见的密度值为0.3（1级），0.6（2级），0.9（3级），有些滤镜品牌甚至生产了最大达到10级减光量的滤镜。当你想要延长快门速度时，会发现0.6（2级）中灰密度滤镜在大多数情况下都足够用了。比如说，你打算把曝光时间从1/4秒延长到1秒，就可以使用0.6中灰密度滤镜。或者是你不改变快门速度，同样用0.6中灰密度滤镜时就需要开大两级光圈。这种变化会对最后的成像产生较大的影响。利用中灰密度滤镜有意地强调物体的动感效果，可以作为一种强有力的创作工具。如果你想要增加曝光时间来让水流模糊化，中灰密度滤镜是最常用的摄影工具。1秒或更长的曝光时间会让水流表现得朦胧柔和，看起来像是天空中的薄雾那样充满了气氛。此外，中灰密度滤镜还可以故意模糊一些其它被摄体，比如云彩、人、树叶、庄稼、车辆和野生动物等。

假如你使用的是数码单反相机的TTL测光系统，虽然中灰密度滤镜会改变曝光时间，但你根本不需要手动完成曝光补偿，相机会自动来修正。

∧ 风化的防洪堤

许多风光摄影师都使用中灰密度滤镜来减慢快门速度。在这幅图片中，我用慢速快门模糊了潮水和天空中的云，制造出一种忧郁的气氛。

尼康D300机身，12-24毫米镜头（位于12毫米焦段），ISO100，曝光时间30秒，光圈值f/22，0.9中灰密度滤镜，0.6中灰渐变滤镜，偏振镜，三脚架

中灰渐变滤镜

中灰渐变滤镜为风光摄影师的必备校正工具。通常都是滑入式滤镜设计，也能像中灰密度滤镜那样吸收掉光线。但不同的是，渐变滤镜可以只阻挡画面某一片区域的光线，而不是全部。这很适合拍摄风光，当天空很亮，地面相对来说却很暗时，这种高反差场景超过了相机影像传感器的动态范围，会导致曝光出现问题。比如说，如果你按照天空的亮度来正确曝光，那么前景就会曝光不足而变得过于昏暗；如果你按照地面来曝光时，天空又曝光过度失去了细节。虽然你也可以拍摄两张曝光不同的照片再后期通过Photoshop来合成，但大多数摄影师更愿意使用中灰渐变滤镜来平衡这种光线的反差。请仔细地确定滤镜的放置位置，这非常重要。渐变滤镜一半透光，一半阻光，中间的过渡区域和地平线重合时，就可以拍摄了。这样你就阻挡了天空区域的光线

⌃ 中灰渐变滤镜组

和中灰密度滤镜一样，渐变滤镜也分为不同的密度值以适应不同的光线条件。如果你经常拍摄风光，购买一个1级、2级和3级渐变滤镜套装是值得的。

进入镜头，而地面区域丝毫没受到影响。如果你将渐变滤镜调整地过于靠下，那么前景的地面区域也会变得更暗些。

镜头小贴士

中灰渐变滤镜中间的过渡区有两种：硬渐变和软渐变。软渐变镜中间过渡区域呈羽化状，可以让过渡更柔和，适用于地平线上已经有被摄体存在的风光摄影，这样通过渐变镜不会让地平线上的被摄体很突兀地变暗。硬渐变镜则适用于地平线成一条直线，没有其它遮盖物时，可以准确地减少天空的亮度。

未用中灰密度滤镜

使用中灰密度滤镜

‹ 平衡光线

拍摄风光照片时，前景通常都要比天空显得暗。最常用的降低反差的方法就是使用中灰渐变滤镜。它们是必要的校正工具。这两幅图片的对比清晰地显示出使用渐变滤镜的不同。

尼康D300机身，12–24毫米镜头（位于12毫米焦段），ISO100，曝光时间1/2秒，光圈值f/16，偏振镜，0.9中灰渐变滤镜，三脚架

近摄滤镜

尽管微距摄影有着非凡的魅力，可专用微距镜头（见110页）高昂的价格令不少摄影爱好者望而却步。其实，你并不需要大手笔的投资也可以去感受我们周围迷人的微观世界。很简单，你只需在现有的镜头前面增加一片近摄滤镜就可以了。近摄滤镜实际上就是屈光镜，拧在镜头的前口处，作用好像一个放大镜。虽然它们的成像质量不能和专用微距镜头媲美，可近摄滤镜更小巧、轻便，也更容易使用，当然，它们都很便宜。作为微距摄影的新手和囊中羞涩的爱好者，近摄滤镜也是很理想的替代品。

变得更近

基本上，近摄滤镜的工作原理就是改变相机的焦点平面来减小最近对焦距离。近摄镜片都是凸透镜——中间厚边缘薄，和我们戴的远视眼镜类似。近摄滤镜不会影响相机的功能，如TTL测光功能，也不会阻碍光线进入镜头。通常近摄滤镜都是由单片镜片组成，有4种屈光度等级：+1、+2、+3和+4。数字越大，镜头就能在越近的距离对焦，换言之，放大倍率也越大。近摄滤镜也可以组合起来使用，达到更大的放大倍率，不过超过2片近摄滤镜一起使用时，影像质量会受到非常明显的影响。另外，近摄滤镜还常常会出现像差和色散（参见59页），这样只有使用定焦镜头并且光圈值为f/8或f/11时才能实现最理想的成像。大多数近摄滤镜产品都是旋入式设计，如果你目前并不打算购买微距镜头，那么近摄滤镜是很不错的替代产品。

滤镜系数

很多滤镜会减少镜头的进光量，我们把这种现象叫做"滤镜系数"，表示被吸收光线的程度。滤镜系数越高，说明光线损失的越厉害。TTL测光系统测量的是实际进入镜头的光线，所以会自动对滤镜系数进行补偿。但我建议你注意使用滤镜对曝光的影响。"滤镜系数"会标注在滤镜上，还可能标注在接圈或包装上。对页的表格列出了一些常用滤镜吸收光线的值。

▼ 近摄滤镜

虽然价格便宜，但近摄滤镜不失为不错的微距摄影附件。它们有很多种螺口和屈光度规格，可以单独出售也可以成套购买。

滤镜系数

滤 镜	滤镜系数	曝光增加
偏振镜	4 倍	2 级
中灰密度滤镜 0.1	1.3 倍	1/3 级
中灰密度滤镜 0.3	2 倍	1 级
中灰密度滤镜 0.6	4 倍	2 级
中灰密度滤镜 0.9	8 倍	3 级
中灰渐变滤镜	1 倍	无
天光镜/UV镜	1 倍	无
近摄滤镜	1 倍	无

﹤ 剑叶兰

你并不一定需要昂贵的微距镜头才能进行微距创作，近摄滤镜是一个廉价的方法。

尼康D200机身，50毫米镜头，+4近摄滤镜，ISO200，曝光时间 1/100秒，光圈值f/13，三脚架

﹀ 蜻蜓

近摄滤镜具备各种各样的旋入式螺口规格，可以直接拧在镜头前面使用。它们不会减少镜头的进光量，也就不会改变快门速度，非常适合手持拍摄。

尼康D300机身，50毫米镜头，+4近摄滤镜，ISO200，曝光时间1/200秒，光圈值f/8，手持拍摄

第**9**章　镜头在数码暗房中的作用

在数码时代，按下快门之后，你的创作过程并没有结束。现代摄影中，后期制作是一个相当重要的部分。使用影像编辑软件可以校正或减少一些像畸变和像差之类的缺点。你还可以剪裁图片——变相增大了镜头的焦距长度。以及快速有效地合成图片。软件中有许多特效工具可以校正镜头不足。最后一章的内容来帮助你提升后期处理技术，配有简单的图示，说明哪些是可以轻易实现的。

数码暗房中有关镜头的工作

我们的摄影作品呈现出来的外观、感觉和影像质量很大程度上是由我们使用的镜头类型、焦距长度、光圈和一些镜头附件所控制的。然而，这并不是说，一旦你释放了快门，创作过程就终止了。摄影师还需要不断地修整、校正、提高和完善他们的作品。自从摄影诞生到这个世界以来，后期制作就不是一个新的话题。这一章帮助你使用软件来校正一些常见的镜头成像缺陷。

后期制作

今天，有了完善的影像处理软件，后期制作变得比以前任何时候都简单便利。一些摄影师很乐于接受这种影像处理方式，并且乐在其中；而有些却对它冷眼相加。我个人更愿意花更多的时间去拍摄照片，而不是整天坐在电脑前面不停地按鼠标和键盘。不过，如果你想要扩展摄影作品的潜力，适当的后期处理是必要的。另外，要用RAW格式拍摄。

后期处理或者称后期制作，不应该和影像制作相混淆。影像制作是把一幅照片变得一看就不是相机拍出来的，充满了人工制作的痕迹。后期处理正好相反，它只是完善或修正原始照片。和许多摄影师一样，我的内心是一个传统主义者。除了简单地修改图片，使用"曲线"或"色阶"这样的工具调整反差，增加一些饱和度来增强图片颜色和效果外，我很少会对图片有其它改动。而后期处理是一门技术，有很多书籍来帮

> **软件**
>
> Photoshop被认为是图像软件行业的标准，在它之外还有许许多多优秀的软件，比如Apple、Corel和Phase One.这些软件功能都很强大，使用哪一个要看预算和个人喜好了。

助你了解。这本书也没有更多的空间来讲述更多复杂的细节。接下来的页面主要关注的是后期处理的一小部分——镜头成像缺陷的校正。

在前面的章节中，我们已经了解了一些镜头成像可能会出现的问题，比如像差、暗角和透视畸变。当然，最理想的是在拍摄时就能修正这些问题，但这显然并不总是可行的。另外，在你拍摄照片时，也许根本注意不到这些。还好，使用软件可以修正，至少可以缓解。

多数数码单反相机包装盒中都配套出售了后期编辑软件。除此之外，还有大量独立品牌软件可以来改善和修正你的照片。Photoshop在其中成为了行业标准。基于它的领先地位，在这一章节中，我会使用Photoshop 来做简要的指南。市面上有Photoshop的许多种版本。Photoshop Creative Suite(CS)是目前最新、功能最强大的版本，售价不菲。实际

> **后期制作**
>
> 后期制作是摄影的一个重要组成部分。摄影师可以通过它来改善或修正拍摄时存在的瑕疵，包括与镜头成像有关的问题。

RAW vs JPEG

拍摄照片时，最常用的两种文件存储格式是JPEG和RAW。JPEG格式是一种有损压缩格式，在压缩过程中有些数据被丢弃掉了。像白平衡和图像锐度这些预先设定好的参数在拍摄时就会在图像生成过程中得到应用。因此，在文件从相机的缓存传输到储存卡之后，图像就可以直接打印或者下载使用了。所以当摄影师需要快速获得最终影像时，JPEG格式是很理想的设置。但是在后期处理时，JPEG格式的文件灵活度很差，修正难度也相应地增大。换句话说，如果你在拍摄时犯了技术性错误，那么这张照片基本上就无法拯救了。数码单反相机中可以设定不同质量和文件尺寸的JPEG格式。

为了获得最佳的影像和印刷质量，最好将影像质量设置为JPEG Fine，也就是最大像素。对于初学者来说这是最好的格式，初学者还处于学习摄影技术的阶段，往往不愿花费太多时间在电脑上处理文件。

RAW是可逆运算无损压缩的图像格式，通常RAW被认为可以和胶片的负片相媲美。和JPEG或TIFF格式不同，RAW格式拍摄参数并不会在拍摄时应用在图像中，而是保存在另外的参数设置里。简单来说，RAW格式的图片是未经任何处理的数据。下载后，使用兼容的转换软件才能处理。在这个阶段，你可以微调图像，以及调整反差和白平衡这样的拍摄参数，或者是修正色差等镜头缺陷。这个处理过程结束后，RAW文件必须要存储为不同的文件格式，通常是JPEG或TIFF。原始的RAW格式仍然保持未修改状态。

RAW格式非常灵活，它实现了图像质量最优化。所以追求完美影像的摄影师都会选择这种格式来拍摄。

上，Elements——简装版，对大多数摄影师都足够用了。

你能很容易掌握本章中讲述的图像后期处理方法。不过，使用不同版本Photoshop的人们会发现在实际操作中稍微有些不同，那是因为不同版本之间的差异。

这一章节的目的是继续来帮助你实现镜头的最佳效果。

图 1　图 2

∧ 使用RAW格式拍摄

建议那些追求完美影像质量的摄影师用RAW文件格式来拍摄。RAW文件是未经处理过的数据，因此比同等的JPEG文件需要花费更多的时间。但它们灵活度和宽容度都比其它格式好，在后期提高和修正方面具备更高的精细度。比如，图1是一幅未经处理的文件，由相机直接拍摄得来。图2是同样的画面，但略微调整了色阶和饱和度。

尼康D300机身，18-70毫米镜头（位于25毫米焦段），ISO100，曝光时间30秒，光圈值f/18，偏振镜，中灰密度滤镜，三脚架

裁　切

　　"裁切"指的是为了改善构图，将选定区域以外部分都去除掉的操作。着重强调了主体，或者改变了主体所占的比例。对于数码影像来说，使用Photoshop这种后期处理软件中的专用"裁切工具"很容易就能快速完成。

　　"裁切"是一项重要的、相当有用的构图工具，它会对作品观赏性和平衡感产生重大改变。裁切是后期编辑过程中最基本的步骤，也是后期处理中非常容易操作的形式。自从摄影术诞生以来，摄影师就一直裁剪他们的图片，将图片外围中那些不想要的或分散我们注意力的元素全部删除掉，或者是改变主体所占的比例，来使作品得以完善。把一幅标准比例的图片裁切为全景图片也是现在很流行的方法。

　　裁切会增大主体在画面中所占的比例。这种方法让主体看上去好像是更长焦距镜头拍摄的。所以，当你并没有长焦距镜头时，可以适度地使用裁切的手段来补偿。但是，无论出于什么样的原因裁切一幅图片时，请记住，你同时也在删除有效像素，也就是说减小了图片的解像度。正因为如此，虽然说裁切是一项重要工具，你也不要随意地使用。

　　随着数码影像传感器的像素数越来越高，有一种新的观点出现，认为使用短焦距镜头拍摄，然后相应地裁切画面，结果实际上要比使用长焦距镜头直接拍摄更有优势。比如说，相机在短焦距镜头拍摄时机震要小得多，短焦距镜头具备更大的景深范围。另外，很多镜头中心成像比边缘成像要好，边缘部分会出现暗角

和畸变，裁切正好能减轻这些问题。然而，裁切图像以使主体变大，这种做法也会让一些缺点更显著，或者让对焦的轻微模糊看起来更严重。实际上，最好是处于完善构图的目的才裁切图像。

裁切的步骤

　　虽然我们也许会在拍摄时尽力做到完美，但就算是最好的摄影师也会在回放图像时发现，一定比例的照片出于各种各样的原因裁切后会更好些。裁切让这些图片有了新的生命力。这是一个凭借直觉的操作过程，依靠的是你脑中的一些构图规则和技术，这些内容在之前的章节中已经做过简要介绍。一开始不要太过于激进，一定要始终保留着未经修改的原始文件，要不然一旦你后来改变了想法，觉得另一种裁切方式更好，就来不及了。

　　1.首先，在Photoshop中打开你想要裁切的图片。点击工具箱中的裁切工具，光标这时变为裁切图标。

　　2.在选项栏中你可以为最终裁切后的图像键入精确的宽度、高度。在最左边的选项栏中已经有了一些给定的选项。但大多数摄影师都不会选用，而是自己来设置。

> 3.点击图像,然后拖拽裁切区域到大概的位置。随着鼠标移动,裁切区域会显现出来,而被裁切的部分则显示为灰色的阴影。这样你很容易就能看出裁切后图像的效果。

< 4.在选定的裁切区域四角和四边上有一些"把手"。当你将鼠标移动到它们上面时,指针会变为双箭头图标,这时说明你可以改变裁切区域的边缘位置。如果你拖拽四角上的"把手",你可以同时改变裁切区域的宽度和高度。

镜头小贴士

在使用裁切工具时,如果你将鼠标移动到了四角的"把手"之外的区域,指针会变成一个弯曲的双向箭头图标,这时你可以旋转裁切的选区,在裁切的同时修正拍摄时倾斜的部分。

∧ 5.当你对所选区域满意时,按Enter键或者是双击鼠标左键来选定。如果你在裁切后改变了想法,那么点击"编辑">"取消裁切",图像可以迅速变回原始的样子。

修正色差

色差（参见59页）是一种常见的镜头成像缺陷，会产生色彩边缘散射现象以及锐度下降等问题。当镜头没能将所有的色彩聚焦到同一个点上时，就会导致色差。因此，在图像明暗交界的边缘色彩呈现散射状。紫色和绿色边缘有明亮的色彩光环，它们可能看起来并不明显，但随着图片不断地放大，就会看得非常清楚。好在使用像Photoshop这样的软件可以减少色差现象。

光的波长不同，所以在通过镜头时的折射率也不同。由于焦距长度和折射率息息相关，不同波长的光线就汇聚在不同的位置。因此，从技术层面上讲，色差分为两种：纵向色差和横向色差。

纵向色差是由于不同波长的光线没能聚焦到同一个平面导致的。当光圈越大时出现的可能性越大，所以使用小一些的光圈拍摄会减少这种现象。横向色差是指由于光线波长的差异，所引起的成像倍率的改变，随着视场角的增大而增大，在画面周围引起色彩散射，形成扩散的彩色条纹。通常廉价的镜头色差现象较严重。

某些特殊的低折射率玻璃可以用来校正色差。但是，正常情况下，只有高质量的镜片才能消除这个问题。大多数摄影师会对高质量的镜头价格望而却步，所以这个问题一直没办法解决。实际上，虽然色差令人讨厌，但并不是以一个严重到非要在拍摄时就解决的问题。有了软件的帮助，可以在很大程度上减少这种现象。

如果你拍摄的是RAW文件格式，最好通过换算来解决色差问题。Photoshop中提供了很多种方法。最完善的方法需要占用很大的篇幅，也过于复杂。而在这里我会用最简单快速，然而依然有效的方法来减少色差。

< ∧ 这幅花岗岩十字架图像在小画面时看起来还不错，但是放大到超过100%时，十字架边缘的色差就非常明显了。

∧ 一个快速而又可靠的消除色差的方法就是使用"色相／饱和度"控制。将图片放大到有色差问题出现的部分，然后点击"图像">"调整">"色相／饱和度"。

> 在"编辑"下拉框中，选择和色彩散射最接近的颜色。在这幅图像中，我选择了"青色"。
使用吸管工具点击图片中需要修复的任何一个点，接下来减少饱和度和明度，直到散射的色彩逐渐消失褪色到你满意为止。

> 这样色差会完全消失掉，或者至少会大面积减少。这种简单快速的方法适用于大部分受色差影响的图片。但是如果图片中还有和色差类似的颜色时，不建议使用这种方法。因为其它区域的类似颜色也会随着你调整"色相／饱和度"同时褪色。

使用镜头校正滤镜

　　"镜头校正滤镜"是修复镜头常见问题极其有用的Photoshop工具。你做出调整时可以参考预览显示，点击"预览"会出现调整后的效果，再次点击会恢复原样。像Adobe Camera Raw和Lightroom 这类RAW文件转换软件中都能找到这样的调整模式。

　　滤镜控制中的功能用来减少色差。点击"滤镜">"扭曲">"镜头校正"打开对话框。通过视图变焦功能放大图片中色散的部分。在色差控制下面有两个滑尺：红色／青色和蓝色／黄色滑尺。调整前者相对于绿色标尺的大小就会修正红色和青色的色差，改变后者相对于绿色标尺的大小则修正蓝色和黄色。这种调整是凭借肉眼观察来完成的，但当你觉得色差已经减少到你满意的程度或完全消失时，就可以点击"确定"完成修复。

修正暗角

　　暗角也是一个有关镜头的常见问题。光线被遮挡，无法照射到画面的边缘就会产生暗角，暗角令画面的外围，尤其是四角变得很暗。暗角效果会有很大的变化，从轻微变暗到明显的黑角。很少有人会喜欢暗角，摄影师通常都想要修正这种效果。

　　暗角通常是由滤镜引起的。当两个或更多的滤镜组合在一起使用，或者安装了滤镜托架时，就可能会出现暗角。特别是超广角镜头，暗角也许会更明显。这是因为超广角镜头的视角很宽广，这些附件会遮挡住画面边缘的光路。但是有些短焦距镜头在使用大光圈时也会出现少量的暗角或者边角失光现象。尽管轻微的暗角会把目光吸引到画面的中心，但正常来看，还是不能接受的。

　　对于严重的暗角——附件导致的黑角，也许最好的办法就是把它们都裁切掉——虽然这并不是最佳的解决方案。如果暗角覆盖的区域没有任何细节，只是连续的影调，比如说天空、水面或者雪地，你还可以利用工具栏中的复制和修复工具去除暗角。但是镜头失光导致的渐变暗角，比如广角镜头的边缘传递光量要少于中心，这种情况则需要复杂的方法来解决。

　　市面上有许多专为修复暗角的Photoshop插件和一些独立的软件。使用Photoshop软件，可以利用精确的技术来彻底消除暗角。但是，确定一只镜头在不同光圈下的校正数值是个过于复杂和冗长的过程，无法在这里详细讲述。这里我们用一种更加简单快速的方法——Photoshop中的镜头校正滤镜。

Ⓥ 这张图片中暗角十分明显。树林周围的天空逐渐变暗，这是由于超广角镜头在大光圈拍摄时导致的。

在Photoshop中打开图片，然后点击"滤镜">"扭曲">"镜头校正"打开镜头校正模式。画面右侧为滤镜选项，包括了"暗角控制"。

暗角栏中有两个滑尺："数量"和"中点"。向右拖拽"数量"滑尺减少暗角，调整"中点"滑尺来改变需要褪色的暗角深度。

点击"确定"完成修正。镜头校正滤镜的功能有限，相对来说比较基础，但用起来十分简单。

校正透视

我们在使用广角镜头时会出现垂直线条的汇聚现象（参见69页），这是个让人头疼的问题。当拍摄像建筑物这样到处都是平行线的物体时，这种透视畸变愈发明显。建筑物的两边会表现为很不自然的倾斜状，有时这种情况可能会毁掉整个画面。通常在拍摄时尽量保持相机和被摄体平行能够修正透视的畸变，可这意味着有时候你需要退后一段距离然后使用长焦距镜头，或者用专业的透视控制镜头（参见114页）拍摄。可这两种选择并不是总能够实现的。这样我们只能在后期处理时用软件来修复这种透视变形。

变换透视

摄影师通常希望长方形和正方形的被摄体在画面中表现的端端正正。但如果你的相机不能和被摄体保持完全平行，就必然会出现透视畸变。最好的方法是使用移轴镜头，但它们主要针对的客户群是专业拍摄建筑的摄影师，普通爱好者很难承受那令人望而却步的价格。对于那些只是偶尔才拍摄建筑的摄影者来说，要获得类似专业移轴镜头的效果，不妨通过后期编辑软件来实现，可以算是经济实惠的解决方案。

有很多种软件都可以校正垂直线的汇聚问题。互联网上能下载到一些专用软件和插件，在Photoshop中也有一些不同的方法，这由你使用的软件版本决定。镜头校正滤镜（参见143页）是其中的一种方法，但在这里，我会用透视变形工具来完成。

V 这幅图片是使用12毫米超广角镜头拍摄的。图中破旧废弃的建筑看起来有些倾斜，看起来不是很舒服。

在Photoshop中打开图片之后，点击"选择">"全选"将图片全部选定（快捷键Ctrl+A）。校正变形时，网格是不错的辅助工具。点击"视图">"显示">"网格"，网格就会覆盖在图片上。

接下来，点击"编辑">"变换">"透视"，画面边缘会出现八个小正方形。点击四个角落的小正方形然后向垂直线倾斜的相反方向拖拽。这幅图片，我点击的是左上角的小正方形，然后向右边拖拽，直到建筑物的侧边看起来平行为止。

当你对校正的效果满意后，点击回车键或者在图片上双击鼠标左键来确定。上述步骤完成后，图片的四边会出现部分区域空白。因此，你还需要对图片进行裁切（参见140页），然后保存图片。

全景图片的合成

影像拼接就是使用后期编辑软件把两幅或更多的图片拼合在一起。拼接扩展了镜头的视野范围，除此之外，还有其它的优势。比如，景深和解像度都会增加。摄影者最常用的图片拼接类型是全景图片。这种16：9宽高比的图片尤其适用于风光摄影作品。其实无论你拍摄的是什么，掌握拼接的方法都是一项不错的摄影表达工具。

只有在拍摄时做出大量的准备工作才能成功地完成后期图片的拼接。为了确保拼接的准确度，每张图片和旁边的图片之间需要有10%到30%的重合。另外，你的相机在整个拍摄过程中应尽量保持水平，而且始终围绕着镜头节点进行旋转。拍摄每一张照片时必须保持焦距长度、白平衡和曝光一致，这一点至关重要。

为了制作出一幅完美的作品，把图片准确地拼接在一起似乎是一项需要高精度而且耗时的工作。好在有了那些成熟完善的软件，使这项工作变得既快速又简单。这类软件有很多，比如Autostitch、Hugin、Ptgui、Panorama Tools、Pana Vue、Photoshop和CleVR。并不是所有软件的价格都很高，有些甚至可以在互联网上免费下载到。在这里，我们还是继续使用Photoshop软件来完成全景图片的拼接。

在Photoshop中，有一项"Photomerge"工具，新版本中还有"自动混合"工具。也许这些工具只具备基本功能，对合并的控制也有限，并不是合并图片最好的方法，但这非常适合那些以前从未拼接过图片的摄影者，用"Photomerge"工具，你能很快就创造出看上去毫无缝隙的全景图片。

▲1.点击Photoshop中的"文件"＞"自动"＞"Photomerge"。打开了一个对话框。

▲2.点击"浏览"按键选择你想要拼接的图片。然后点击"打开"添加图片到对话框的源文件区。点击"确定"启动Photomerge对话框。

∧3.使用"移动视图工具"来调整图片的位置;用导航器改变整个全景图片的视图大小。

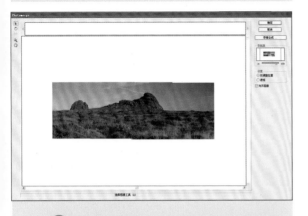

∧4.拖拽图片过程中,Photomerge会尝试着自动来匹配不同图片的重合部分,拼接完成后,点击"确定"。

图片合并的控制

"Photomerge"中有一个"透视"选项,用你选择的第一张图片作为选定的透视标准,之后添加的图片会自动调整透视来和第一张图片进行匹配。所以,整个合成后的图片都和这张图片的透视比例保持一致。

点击"圆柱映射"选项后,刚刚合并且经过透视修正后的图片会再次被调整,以使得图片的形状更接近长方形。"高级混合"选项的作用是减少拼接后的图片中不均匀的曝光和影调。"圆柱映射"和"高级混合"选项的效果可以通过点击预览按键来观看。完成后点击"确定"结束所有的拼接过程。

镜头小贴士

理论上来讲,任何镜头都可以拍摄用来拼接的图片,但要注意,广角镜头更容易出现拼接不精确的情况。移轴镜头(参见114页)是理想的,既可以预防前景被摄体的视差误差,还可以保持最后合成后图片中的直线透视关系。

∨5.由于拼接后可能会出现不规则部分,通常你还需要裁切(参见140页)。另外,如果需要的话,用"色阶"和"曲线"调整一下反差。最后给新的图片命名然后保存。

专业镜头校正软件

Adobe、Apple、Bibble、Coral、Google、Phase One 和 Studioline 都是非常优秀的影像编辑软件制造商，但它们提供的软件只是针对一般的后期处理和 RAW 文件转换。虽然这些软件中有许多工具可以修复镜头成像缺陷产生的问题，但它们并不是专门为这些问题设计的软件。我们在市面上能找到专门用来解决这类问题的软件和插件。

可用的软件

虽然大多数的摄影者会发现，一般的图像编辑软件修复影响图像质量的镜头缺陷问题已经足够用了，但有些追求极致的摄影者需要更多的控制选项和更精确的调整。可选的专用软件还是很多的，有些可以到市面上购买，有的则可以免费下载。下面是几个最流行的软件。它们主要是针对常见的镜头成像缺陷，像畸变、像差和镜头失光。它们增加了许多功能选项，调整的精确度也更高。

Acolens

由德国人 Nurizon 开发的 Acolens 软件。这款软件能够对相机的光学缺陷进行强有力的修正。像镜头畸变、暗角，以及画面外围缺少焦点等等问题。而这个软件之所以能够有这样的效果，是因为并没有和其它软件一样走后期修正的路线，而是把目前比较主流的镜头标准存储到预先设计好的数据库中，再和有缺陷的图片进行数据比对，作出修正。它使用高精准度校准的方法可以得到更好的修正效果。在修正图像时，软件不是对图像进行操作，而是在客观标准下进行修改，允许镜头进行自我校准，还支持移轴镜头和其它特殊镜头，兼容目前所有的 RAW 转化工具。

插件

插件是一种按照某种规范软件程序编写出来的程序。大部分插件需要和这个软件程序结合在一起才可以发挥作用。图像类软件最多的插件无疑就是和 Photoshop 兼容的各种图像编辑插件。它们基本上都是由第三方编写的。这是因为插件的目的是增加那些原始软件中没有的功能。

专门用来修正镜头成像缺陷的插件种类繁多。有些插件可以免费下载，有些则需要花钱购买。

PTLens 是口碑最好的镜头校正软件之一。它以全景图片工具为基础，专门为相机和镜头而设计。它既可以作为 Photoshop 的一个插件，也是一个独立的软件。它对于镜头的枕形畸变、桶形畸变、暗角、色差和透视问题，修复效果优异。试用版是免费的，试用期过后你则需要花钱来购买一个正式版本。

在互联网上下载软件之前，一定要确定下载页面的安全性。

DxO Optics Pro

DxO Optics Pro是一款图像质量自动优化软件，它是通过严格的光学测定，储存了特定机身和特定镜头的光学特征，并对图像加以校正和优化，可自动提高数码单反镜头所拍图像的质量。该软件能够快捷地处理如成像模糊、缺乏锐度、边缘色差等常见问题，即使是严重的畸变问题，比如鱼眼镜头效果，也可以得到修正，大大简化了数码单反相机用户照片后期处理的难度。

∧ 校正软件

DxO Optics Pro是一款相当完善的图像校正软件。它储存了特定机身和特定镜头的光学特征，并对图像加以校正和优化。

＜ 畸变

像DxO和Acolens这样先进的调整软件令摄影者可以对拍摄时无法修正的问题进行补救。拍摄时由于使用短焦距镜头并且位于低视点，这幅图片有明显的畸变。我使用DxO Optics Pro软件对被摄体的畸变进行校正。

尼康D300机身，手持拍摄，偏振镜，10–24毫米镜头（位于12毫米焦段），ISO200，曝光时间1/300秒，光圈值f/8，偏振镜，手持拍摄

术语表

Aberration 像差

一种由于镜头光学成像引起的影像缺陷。

Angle of view 视角

镜头成像的视野范围,以度来计算。

Aperture 光圈

控制镜头通光孔径的装置,光圈的大小用f加数字来表示。

Autofocus(AF) 自动对焦

自动对焦系统,可以让使用者无须手动对焦被摄体而自动完成对焦过程。

Camera shake 相机震动

曝光时相机的移动,尤其是在慢速快门时会导致影像模糊,通常由于握持不稳或没有支撑物导致。

CCD电荷耦合器

(charged-coupled device)

数码相机中最常用的影像传感器之一。

Centreweighted metering
中央重点测光

摄影中测量曝光量的方式之一,测光时偏重从中央区域获得的读数。

CMOS互补金属氧化物半导体

(complementary oxide semi-conductor)

由数以百万、千万计的感光元件组成的芯片,感光元件越多,像素数量越大,清晰度越高。

Colour temperature 色温

光源光线的颜色尺度,以K来计算。

Compression 压缩

数码文件改变大小的过程。

Contrast 对比度

影像高光区和阴影区之间的亮度范围,也可以指相邻区域或色彩之间的亮度差别。

Depth of field(DOF) 景深

影像中清晰的纵深范围。由光圈来控制,光圈越小,景深越大。

Distortion 畸变

通常情况下,在摄影中直线并没有准确的表现即为镜头畸变。常见的畸变分为桶形畸变和枕形畸变。

Dynamic range 动态范围

相机影像传感器捕捉画面中所有的阴影和高光区域的能力。

Elements 镜片

组成镜头的一片玻璃。

Evaluative metering 评价测光

被摄体所反射的光线被划分为若干区域后,按照一定的算法来曝光的测光方式。

Exposure 曝光

由光圈和快门速度以及ISO感光度一起控制影像传感器接收光线的过程。

Exposure compensation 曝光补偿

一种对于曝光过度和曝光不足的有意控制。

Filter 滤镜

带颜色或者镀膜的玻璃,也可以是塑料,安装在镜头之前,用来矫正摄影或发挥创造力。

Fisheye 鱼眼

特殊镜头,拥有超广角能力,通常可达180度视角。

Focal length 焦距

从镜头的光心点到焦点之间的距离, 焦距用来描述镜头的摄影能力, 以毫米计算。

F-stop/number 光圈f值

镜头某级光圈用f加数字表示, 大光圈用小数字表示, 比如f/2.8, 小光圈用大数字表示, 比如f/22。

Highlights 高光

影像中最亮的区域。

Histogram 直方图

用来表示图片中明暗分布情况的图表。

Image stabilization 影像稳定

用来保持画面稳定或补偿高频振动的技术。

ISO感光度

(International Standards Organization)

影像传感器感光度设定值, 相当于胶片的ISO设定值。

JPEG图片格式

(Joint Photographic Experts Group)

联合图像专家组制定出的一种最流行的图片格式, 特点是清晰度高, 文件量小。

LCD(liquid crystal display) **液晶显示器**

数码相机背后的屏幕, 用来回放图像和查看拍摄信息。

Lens 镜头

相机的眼睛。镜头传输图像到影像传感器, 镜头的尺寸大小一般以焦距长度来衡量。

Macro 微距

描述近距离摄影和镜头近距离对焦能力的术语。

Manual focus 手动对焦

通过手动调整镜头的对焦环完成对焦。

Metering 测光

使用相机的测光表或者独立手持测光表来测量进光量, 以计算需要的曝光值。

Metering pattern 测光模式

相机计算曝光量的方式。

Megapixel 兆像素

100万像素等于一兆像素。

Monochrome 单色

由从黑色到白色数级灰度组成的图像。

Multiplication factor 倍率因素

镜头的焦距长度在搭载剪切型数码相机时需要转换的量。

Noise 噪点

电信号对彩色图像造成的干扰。

Overexposure 曝光过度

过多的光线进入影像传感器, 高光部分完全失去细节。

Perspective 透视

平面图像上表现出来的被摄体在空间中的位置、大小的关系。

Pixel 像素

图像元素的缩写。像素是组成数码图像的最小元素。

Post processing 后期处理

在计算机上使用软件对数码文件进行编辑调校。

Prime 定焦镜头
固定焦距长度的镜头。

RAW 原始文件
一种通用的数码文件格式,保留了拍摄时的所有参数。

Resolution 分辨率
图像的像素数,用ppi来表示。分辨率越高,细节越丰富。

Saturation 饱和度
图片中色彩的强度。

Shadow areas 阴影区域
曝光时画面中最暗的区域。

Shutter 快门
通过打开和闭合来控制曝光量的机械装置。

Shutter speed 快门速度
快门速度决定了曝光的时间。

SLR(single lens reflex) 单镜头反光
一种相机类型,内部安装了一片反光镜,使用者可以通过镜头来观察画面。

Spot metering 点测光
使用画面中很小的一部分区域来测量光线强度的测光方式。

Standard lens 标准镜头
类似人眼视野的镜头被称为标准镜头。

Telephoto lens 远摄镜头
长焦距镜头,视角较窄。

TIFF文件格式
(Tagged—Image File Format)
未经过压缩的文件格式,通用性很强,适合后期编辑。

TTL测光
(through—the—lens) metering
相机在拍摄时通过镜头传输的光线测光。

Underexposure 曝光不足
过少的光线进入影像传感器。阴影区域细节不足。

Viewfinder 取景器
用来构图的光学系统,有时也用来对焦。

Vignetting 暗角
图像四角由于有阻挡导致的曝光不足,通常由滤镜或遮光罩造成。

White balance 白平衡
在某种光线条件下来修正色彩平衡的功能。

Wideangle lens 广角镜头
短焦距镜头。

Zoom 变焦镜头
可改变焦距长度的镜头。

相关网站

摄影师

Ross Hoddinott www.rosshoddinott.co.uk

镜　头

Four-thirds www.four-thirds.org
Canon www.canon.com
Cosina www.cosina.co.jp
Leica http://us.leica-camera.com
Nikon www.nikon.com
Olympus www.olympus.com
Pentax www.pentaximaging.com
Samyang www.syopt.co.kr
Schneider Kreuznach www.schneider-kreuznach.com
Sigma www.sigma-photo.com
Sony www.sony.com
Tamron www.tamron.com
Tokina www.tokinalens.com
Zeiss www.zeiss.com

镜头附件和支持

Benbo www.patersonphotographic.com
Bogen www.bogenimaging.co.uk
Cokin www.cokin.com
Intro 2020 www.intro2020.co.uk
Joby Gorrillapod www.joby.com
Lee Filters www.leefilters.com
Lens Baby www.lensbaby.com
Lowepro www.lowepro.com
Gitzo www.gitzo.com
Manfrotto www.manfrotto.com
Novoflex www.novoflex.com
Wimberley www.tripodhead.com

隐藏摄影

Wildlife Watching Supplies
www.wildlifewatchingsupplies.co.uk

摄影工作室

Dawn 2 Dusk www.dawn2duskphotography.com

软　件
Adobe www.adobe.com
Apple www.apple.com/aperture
Bibble www.bibblelabs.com
Corel www.corel.com
DxO www.dxo.com
Phase One www.phaseone.com
PTLens www.epaperpress.com/ptlens
Nurizon www.nurizon-software.com

评测和资讯

Digital Photography Review www.dpreview.com
Digital SLR photography www.digitalslrphoto.com
Ephotozine www.ephotozine.com

作者简介

罗斯·胡迪诺特 (Ross Hoddinott) 是一位专业自然风光摄影师，自由作家。他来自英国东南部，是英国最著名的自然和风光摄影师之一。他的那些杰出作品被广泛出版发行，我们可以从很多照片和出版物中熟悉和了解罗斯，比如 *Outdoor Photography*（《户外摄影》），*Digital SLR Photography*（《数码单反摄影》）以及 *BBC Wildlife*（《BBC野生动物》）。

Lenses for Digital SLRs（《数码单反镜头全攻略》）是罗斯的第6部摄影图书。之前出版的图书有 *The Digital Exposure Handbook*（《数码摄影曝光手册》）和 *Dightal Macro Photography*（《数码微距摄影》）。和每个摄影初学者、发烧友或专业人士一样，罗斯对摄影总是充满热情，也热衷于和其他人分享他的摄影知识和经验，在www.rosshoddinott.co.uk上可以了解到更多有关罗斯的信息和他的作品。

鸣　谢

　　虽然在本书的封面上只有我的名字，但如果没有摄影家协会出版社各位帮助和辛勤工作，这本书是无法完成的。在这里我要感谢Gerrie Purcell,Jonathan Bailey, Ali Walper, Virginia Brehaut和James Beattie。还要特别感谢的是这本书的编辑Ailsa McWhinnie，Alisa对我的帮助是无法衡量的。同时还要感谢Bogen Imaging, Canon, Cokin, Hoya, Intro2020, Lensbaby, Lee Filters, Lowepro, Nikon, Novoflex, Olympus, Samyang, Sigma, Sony, Tamron 和Wildlife Watching Supplies公司的帮助以及提供产品图片。还要感谢摄影师Thomas Collier, Ollie Blayney和Daniel Lezano，本书中使用了一些他们拍摄的作品。当然，特别需要感谢的还有我的家人，他们对我的爱和支持鼓励从未中断过。我的父母，他们始终在身后默默的支持和鼓励我。谢谢你，母亲，父亲，还有我的妹妹，Michelle。同时还有我那美丽的妻子Feliccity，能和你共度一生是我的幸运。她不仅是我最好的朋友，还是我那两个可爱女儿的好妈妈。最后的感谢送给我的两个小女儿Evie和Maya——我爱你们。